IL MISTERO

DEL PARCO

DI VERONA

Upper Beginner to Lower Intermediate Level

MELANIE CHIRCOP

Contents

Introduction

How to use this book

Vocabolario Abbreviations

Introduction

This book is intended for non native speakers who have decided to take up Italian as a foreign language. It is mainly recommended for students at an upper beginner level, as some basic knowledge of Italian prior to reading it is advisable. It is a book that aims to facilitate the transition between beginner to intermediate level. This book could also be a useful tool for someone at an intermediate level who wants to brush up their skills or learn new vocabulary.

As a teacher of Italian, with over fifteen years of experience I have found it very challenging to find good reading books at this level. Most Italian books are either too hard to understand or intended for a younger audience, having young characters in leading roles. It is very important to read at the right level. When a reading text is too easy, it can bore the student. On the other hand, when it's too difficult it can result into feelings of helplessness or a lack of motivation to continue it.

I kept the writing style simple, with short and concise sentences as much as I could. The grammar is simplistic and the verbs are mainly in the *presente indicativo* and *passato prossimo*. Some use of other tenses such as *imperfetto*

and *futuro* are also present, but kept at a minimum. I aimed at creating various conversations for a better understanding of how Italians speak on a daily basis. The challenge was creating simple conversations and yet not missing out on how a native speaker would actually speak in specific contexts. The dialogues are realistic but at the same time not too hard to understand. The repetition of new vocabulary throughout the book is deliberate, as it's important for the reader to understand how certain words are used in various sentences. Repetition is the key to learning and retaining new vocabulary on a long term basis.

My aim is to help you practice Italian through reading. Reading in a foreign language can be such an enjoyable experience and can help you improve all of the four skills: reading, writing, speaking and listening.

Help is provided with translation of difficult vocabulary after every page. A glossary is also present at the end of the book in alphabetical order, to make it easier to search for words. Expressions are also translated and explained throughout the book. At the end of the book you will also find a set of questions to test your comprehension on each chapter.

I sincerely hope that you enjoy this book and please do not hesitate to write me any feedback. I would highly appreciate your suggestions. I'm grateful that you decided to read this book. God willing, it will make a difference and help you improve your Italian in a fun way.

How to use this book

First and foremost, I strongly recommend that while reading, you read out loud, pronouncing each and every single word out clearly. This process of listening to yourself using the language is a very important technique that helps you become more fluent and build more confidence when speaking.

Moreover, I would suggest that you read every chapter twice. Here are six steps that you should follow to make the most out of your learning experience.

1. First reading: Read out loud, slowly every single word. Think, what does this sentence mean? Try and understand the general meaning, even if you do not know some of the words. Look at the new words at the bottom part of the page, to help you understand better.

2. After you finish the chapter, read the new words again. Go back to the chapter to see how these words are being used. It's important that you comprehend how to use such words in a context, as opposed to isolated words in a list.

3. Close the book. Go do something else.

4. Go back to the book. Start by reading the new words again in the chapter, trying to memorise them.

5. Second reading: Read the chapter again, this time try not to look at word meanings. Try and remember what the words mean. P.S. If you don't remember, don't worry. Most words are repeated throughout the book to help you memorise them for good.

6. Answer the multiple choice questions at the back of the book and check your answers.

Vocabolario Abbreviations

v.   verbo all'infinito

e.   espressione

n.   nome / sostantivo

agg.   aggettivo

sing. singolare

pl.   plurale

m.   maschile

f.   femminile

Andiamo in vacanza

12 dicembre 2022 alle 10:00

Isaac è seduto sul suo divano. Di fronte a lui c'è il televisore acceso. Ma Isaac non guarda la TV. Invece, sta guardando il suo telefono. Guarda le foto su Instagram dei suoi amici. Molti amici **postano** delle storie che non sono molto interessanti, ma Isaac le guarda comunque. È annoiato. Non sa cosa fare questa mattina.

Si alza dal suo divano e **si dirige** verso la cucina. Apre il frigo. Non c'è niente di buono da mangiare. Nel suo frigo c'è solo un cartone di latte, una bottiglia di vino e del prosciutto di parma.

'Dobbiamo andare a fare la spesa,' pensa Isaac quando il suo cellulare comincia a vibrare. Isaac chiude il frigo e cammina verso il suo telefono che si trova sul divano. Vede il nome di Elena e sorride.

«Pronto **dormigliona**! Sei ancora a letto?».

postano: they post (v. postare)
si dirige: he heads towards (v. dirigersi)
dormigliona: sleepy head

1

«Buongiorno! Ho bisogno di un caffè!», risponde Elena con una voce stanca. Poi continua,

«Che cosa stai facendo?».

«Niente di speciale. Guardo la TV ma non c'è niente di interessante».

«Senti, ho un'idea! Perché non andiamo in vacanza?».

«In vacanza dove? E quando? Sai che ho gli esami il prossimo mese!».

«Dai, solo per un weekend! Andiamo in Italia! È da tempo che vorrei visitare Verona! Verrà anche Nick!».

«Ne hai già parlato con Nick?».

«Certo. Lui ha detto subito di sì», risponde Elena.

«Non lo so. Sono un po' **indietro** con gli studi. Ma **ci penserò**».

«Non pensarci troppo! Tanto **ho già prenotato** i tuoi biglietti! Ciao!».

«Che cosa hai fatto?!?».

Ma Elena ha già chiuso la telefonata e non lo sente.

Isaac **rimane a bocca aperta**.

indietro: behind
ci penserò: I will think about it
ho già prenotato: I already booked
rimane a bocca aperta: e. remains with an open mouth / surprised

'Ma questa è proprio **scema**!' Pensa Isaac mentre sorride. In quel momento arriva un messaggio sul suo telefono. Isaac guarda lo schermo e vede un screenshot. Era la **prenotazione** dell'aereo, andata e ritorno. Apre la foto e vede:

Londra Stansted – Verona

30 dicembre 2022, 7:20-10:25

Verona - Londra Stansted

2 gennaio 2023, 11:30-13:35

È stata Elena a **mandargli** la foto. Poi arriva un altro messaggio:

*Buon compleanno **vecchietto**!*

Isaac sorride e le scrive "grazie". Dopo pochi secondi, gli arriva un altro messaggio:

Non c'è di che. Ho pagato solamente £24.99, andata e ritorno!

scema: silly

la prenotazione: the reservation

mandargli: send him (v. mandare + gli = a lui)

vecchietto: old man

3

Isaac **non può crederci**. Che sorpresa! Andrà a Verona per qualche giorno! E soprattutto, è felice che andrà con Elena. A Isaac piace molto Elena, ma sembra che Elena voglia rimanere single. Lei non parla mai di **rapporti** e non sembra interessata ad avere un ragazzo o un fidanzato.

Isaac si sente stanco **mentalmente** e ha tanto bisogno di una pausa. Vuole **scappare** da tutto lo stress dell'università. Ma allo stesso tempo sa che deve studiare molto per **superare gli esami**. Qundi, decide di andare alla sua scrivania. Si siede, apre il libro di **ingegneria meccanica**, e comincia a leggere.

non può crederci: he cannot believe it
rapporti: relationships
mentalmente: mentally
scappare: to escape
superare gli esami: to pass the exams
ingegneria meccanica: mechanical engineering

Chi è Nick Conley?

30 dicembre 2022 alle 04:00

Nick Conley si sveglia **all'improvviso**. Il suo telefono sta vibrando. È la sua **sveglia**. Nick non vuole alzarsi dal letto.

«No!!! È troppo presto!».

Poi si ricorda che oggi va in vacanza!

'Più che una vacanza, sembra una **punizione**! Chi si sveglia alle quattro della mattina?!'.

Si mette seduto sul letto lentamente. I suoi occhi sono ancora chiusi. Accende la lampada sul **comò** accanto al suo letto. Si alza dal letto e si dirige in bagno per cominciare a prepararsi. Il taxi arriva fra mezz'ora.

Nick Conley è un ragazzo di 20 anni. È alto, moro e ha

all'improvviso: suddenly
la sveglia: the alarm
una punizione: a punishment
il comò: bedside table

un fisico atletico. Lui gioca a tennis tre volte alla settimana e va in palestra ogni mattina. Gli piace **mantenersi in forma**. Nick studia lingue all'università di Londra. È proprio all'università che ha conosciuto Elena. Gli è piaciuta da subito.

Mentre fa la doccia pensa ad Elena. Nick è felice di passare qualche giorno in vacanza con lei. Ma allo stesso tempo non capisce perché viene anche Isaac. Nick non conosce Isaac molto bene. L'ha visto poche volte e solitamente in presenza di Elena.

'Quanto vorrei andare in vacanza solo con Elena. **Sarebbe** un'**ottima** occasione per dirle cosa provo'.

Nick **prova dei sentimenti** per Elena, ma per Elena Nick è solo un amico. Questa cosa fa male a Nick.

Nick ha molti **pensieri** nella testa. Finisce di prepararsi e va giù in cucina a fare il caffè. Prepara lo zaino e lo mette

mantenersi in forma: to keep in shape

sarebbe: it would be (v. essere al condizionale)

ottima: great (agg. f)

prova dei sentimenti: has feelings for (e. provare dei sentimenti per)

pensieri: thoughts

accanto alla porta d'ingresso.

Mancano ancora 10 minuti per il taxi. Così, **si mette seduto** e beve il caffè **tranquillamente**. Nick guarda nel vuoto e **sorseggia** il caffè lentamente. **Nel frattempo,** prende una carta e una penna e comincia a scrivere.

All'improvviso, il suo telefono comincia a vibrare. Nick non lo guarda, perché sa che il tassista è arrivato. Si alza velocemente e lascia il foglio di carta sul tavolo. Sul foglio c'è una nota che dice:

Mamma, ci vediamo presto! Ritornerò lunedì nel pomeriggio

verso le 13:00! Ti voglio tanto bene! Tanti baci!

P.S. Non dimenticare di prepararmi le lasagne al mio ritorno!

Il suo cellulare continua a vibrare. Nick spegne tutte le luci, **afferra** lo zaino ed esce di casa.

'L'avventura comincia qui', pensa.

si mette seduto: he sits down (v. mettersi seduto)

tranquillamente: calmly

sorseggia: he sips (v. sorseggiare)

nel frattempo: meanwhile

afferra: he grabs (v. afferrare)

All'aeroporto di Stansted

30 dicembre 2022 alle 05:00

Isaac Kirkup è nella sua macchina e guida. È nell'autostrada. Per fortuna questa mattina non c'è molto traffico. Vede il **segnale stradale** che dice STANSTED e si dirige verso il parcheggio dell'aeroporto. Prende un biglietto all'ingresso e parcheggia la macchina al posto più vicino all'ascensore.

Esce dalla macchina e prende la sua valigia a mano dal **bagagliaio**. Cammina verso l'ascensore. In una mano **trascina** la sua **valigetta**. In un'altra mano tiene il bicchiere di carta del caffè di Costa.

Isaac continua a camminare. Arriva all'ascensore, entra e

il segnale stradale: street sign
il bagagliaio: the car boot / the trunk
trascina: he drags (v. trascinare)
la valigetta: small suitcase

preme il pulsante numero UNO, PARTENZE.

Esce dall'ascensore e va verso il tabellone di partenze. Il volo è in orario. **Si ferma** per un attimo e si guarda intorno. Non vede Elena. Non vede nemmeno Nick. Aspetta in piedi per qualche minuto. Poi prende il suo telefono e vede un messaggio da Elena.

Accidenti sono in ritardo! Arriverò in tempo per il volo. Ci

vediamo tra un po'.

«Isaac!». Isaac si gira e vede Nick Conley. Nick **si avvicina**.

«Buongiorno!» gli risponde Isaac.

«Buongiorno a te! Come stai?».

«Bene grazie e tu?».

«Non c'è male grazie».

«Senti, lo sai che Elena arriverà in ritardo?», chiede Isaac.

«Sì, lo so! Mi ha appena mandato un messaggio».

preme il pulsante: presses the button (v. premere)

si ferma: he stops (v. fermarsi))

acccidenti: damn it!

si avvicina: approaches (v. avvicinarsi)

Nick **mostra** il messaggio a Isaac. Il messaggio era **uguale** al suo. Elena ha mandato lo stesso messaggio a **entrambi**.

«Che ne dici, facciamo il check-in?».

Entrambi i ragazzi fanno il check in. Passano dalla **sicurezza** e si dirigono verso il **cancello**.

Isaac e Nick non sono proprio amici. Ci sono molti momenti di silenzio. Non sanno cosa dire. Sono entrambi un po' in imbarazzo. Vanno a un bar italiano e si siedono a un tavolo per bere un caffè. Accanto a loro c'è una coppia. che fa colazione.

«Non so come fanno a mangiare la salsiccia a quest'ora!», dice Isaac per **rompere il silenzio**.

«RAGAZZI!!!», sentono una voce femminile che li chiama da lontano. Elena è arrivata.

'Finalmente. Mi ha salvato!', pensa Nick. Elena si avvicina e

mostra: shows (v. mostrare)

uguale: equal/the same

entrambi: both

sicurezza: security

il cancello: gate

rompere il silenzio: e. break the silence

10

dà un **abbraccio** prima ad Isaac, poi a Nick.

Una voce femminile chiama i passeggieri del volo Ryanair diretto a Verona per avvicinarsi al cancello.

«Sei arrivata **appena in tempo**!», dice Nick ad Elena.

«Dai ragazzi! Andiamo?».

un abbraccio: a hug

appena in tempo: just in time

Verona: primo impatto

30 dicembre 2022 alle 12:00

Nick, Elena e Isaac sono tutti e tre seduti sull'autobus che li porta a Verona. Hanno preso l'autobus dall'aeroporto. Sono in autobus da venti minuti e appena si avvicinano al centro della città c'è molto traffico.

Elena guarda dal **finestrino** dell'autobus. Osserva gli **edifici** della città. Osserva anche le persone che camminano sul **marciapiede**. È tutto molto diverso da Londra. Elena comincia a pensare alla sua famiglia.

Elena Martinelli è una ragazza di diciannove anni e frequenta il primo anno dell'università di Londra in Inghilterra. Lei studia economia e commercio. È una ragazza molto bella, con gli occhi azzurri e i capelli biondi.

il finestrino: window

il marciapiede: the pavement/sidewalk

gli edifici: the buildings

È molto matura e viene da una famiglia per bene.

I suoi genitori sono entrambi farmacisti. Loro sono originari dall'Abruzzo, in Italia, ma **si sono trasferiti** in Inghilterra nel 1996. Il padre aveva trovato lavoro a Londra e si sono trasferiti nel Surrey. Dopo, hanno deciso di avere una famiglia, e non sono mai ritornati in Italia. Elena vuole molto bene ai suoi genitori. È figlia unica e mamma e papà sono molto importanti per lei. Comunque, **ultimamente** i genitori di Elena hanno deciso di separarsi. Elena non vuole accettare questo divorzio. È molto difficile per lei pensare che suo padre abbia un **amante**! Elena sta pensando a questo quando Isaac le dice,

«Elena! Siamo arrivati!».

Nick si alza per primo, prende il suo zaino e quello di Elena. Scendono dall'autobus e si trovano di fronte alla stazione.

«E ora dove andiamo?», chiede Nick.

si sono trasferiti: they moved (v. trasferirsi)

ultimamente: lately

un'amante: f. a lover (m. un amante)

13

«Ragazzi, l'albergo dovrebbe essere qui vicino», risponde Elena.

«Come si chiama quest'albergo?», chiede Isaac.

«Aspetta che **controllo** la mail della prenotazione», dice Elena mentre **tira fuori** il suo telefono dallo zaino. Cerca sul suo telefono e poi risponde,

«Hotel Stragrande. Google Maps dice che dobbiamo camminare per otto minuti, in quella direzione». Elena fa un **gesto** con la mano per indicare che devono attraversare la strada.

Camminano verso le **strisce pedonali** per attraversare. Elena osserva Verona. A primo impatto non le piace molto. Sembra sporca e ci sono molti graffiti sugli edifici.

«**Finora** non mi piace molto Verona», dice Nick mentre camminano.

«Ragazzi, la zona della stazione non è mai la più bella.

controllo: I check (v. controllare)

tira fuori: takes out (e. tirare fuori)

un gesto: a gesture

le strisce pedonali: the zebra crossing

finora: until now

Dobbiamo vedere il centro prima di **giudicare**», risponde Isaac.

«Io non sto giudicando! È solo che non mi piace questa zona», dice Nick.

«Ragazzi, è lì di fronte!».

Finalmente arrivano difronte al loro albergo. È un albergo di tre stelle. Da fuori, l'edificio è **dipinto** di grigio ed arancione. Sembra moderno. Di fronte all'albergo c'è un parco con molti camper **parcheggiati**.

«Questa zona è brutta!», continua Nick.

Isaac comincia a perdere la pazienza. Nick **si lamenta** di tutto.

'Come faccio a passare tre giorni con questo? È troppo negativo!', pensa Isaac.

Elena suona il **citofono** e con un click si apre il cancello.

Entrano e vedono la receptionist di fronte.

giudicare: v. judge

dipinto: painted (agg. m.)

parcheggiati: parked (agg. m. pl)

si lamenta: he complains (v. lamentarsi)

il citofono: intercom

«Benvenuti all'albergo Stragrande», dice la receptionist.

«Grazie! Abbiamo una prenotazione per tre persone. Il nome è Martinelli».

In albergo

30 dicembre 2022 alle 12:20

«Martinelli. **Dunque,** vediamo, avete prenotato una camera con tre letti. Avete una camera per tre persone. Restate con noi per tre notti. Allora, Signorina Martinelli, può **compilare** questo modulo con i suoi dati».

«Certamente. Ha una penna?», risponde Elena.

«Ecco qua. E nel frattempo ho bisogno dei vostri documenti per favore».

Tutti e tre tirano fuori i loro passaporti **britanici** e li mettono sullo **sportello**. La receptionist li prende e li apre, **uno alla volta**. Osserva le foto e fa una copia di ciascuno.

dunque: therefore/so

compilare: fill in

britanici: British

lo sportello: counter

uno alla volta: one at a time

Elena finisce di scrivere i suoi dati e dice,

«Ecco, ho finito».

«Grazie mille. Dunque, avete camera numero 406 al quarto piano. L'ascensore è **in fondo** a sinistra. La colazione è ogni mattina dalle sette alle dieci e mezzo. Per colazione dovete scendere giù al piano terra. Se avete bisogno di qualcosa la reception è aperta ogni giorno fino alle diciannove. Grazie e buona vacanza!»

«Grazie! Ehm...mi scusi **le posso chiedere** come si va al centro di Verona da qui?», chiede Nick.

«Per andare in centro **bisogna** andare a destra dalla porta dell'albergo, poi girare un'altra volta a destra e andare sempre dritto. A un certo punto dovete attraversare la strada principale. Ci sono i **semafori**. Poi continuate sempre dritto e arrivate in centro».

«Quanto tempo ci vuole per andare a piedi?», chiede di

in **fondo**: at the bottom
le posso chiedere: may I ask you
bisogna: one needs to
i semafori: traffic lights

18

nuovo Nick.

«Circa venti minuti», risponde la receptionist.

«Venti minuti non sono tanti! Grazie. Dai ragazzi, andiamo su che ho bisogno di andare in bagno», dice Isaac con un **mezzo sorriso**.

I ragazzi trovano l'ascensore, e **salgono** su al quarto piano. L'albergo non è molto grande. Trovano la camera 406 senza difficoltà.

Aprono la porta e vedono una stanza spaziosa, con un letto grande nel mezzo e difronte un letto singolo. Ci sono anche un armadio di legno, due comò, una piccola scrivania, un televisore e una **poltrona**. C'è anche un bagno privato con una doccia piccola.

Nick mette il suo zaino sul letto. E adesso come facciamo? Chi dorme sul **letto matrimoniale**?

«Penso che possiamo dormire io ed Elena sul letto

> **mezzo sorriso:** half a smile
> **salgono:** they go up (v. salire)
> **poltrona:** armchair
> **letto matrimoniale:** double bed

matrimoniale», dice Isaac mentre sorride e guarda Elena.

Elena **arrossisce** e non dice niente. È in imbarazzo.

A Nick non piace molto questo commento di Isaac, ma non dice niente. Ma **soprattutto** non gli piace la reazione di Elena.

'Magari le piace Isaac', pensa senza dire niente.

Alla fine, Elena **interrompe** il silenzio e dice,

«Voi dovete dormire nello stesso letto. Io prendo quello singolo. Che ne dite?».

Isaac sorride e cammina verso il letto singolo. Si siede sul letto e dice,

«Ma Elena, questo letto non è comodo! Non è nemmeno un letto. Guarda è un divano letto! Una donna deve dormire su un vero letto!», dice Isaac con un tono **giocoso**.

A Nick questo **comportamento** di Isaac comincia a irritare.

arrossisce: she blushes (v. arrossire)

soprattutto: above all

interrompe: she interrupts (v. interrompere)

giocoso: agg. m. playful

comportamento: behaviour

«**Visto che** sei così gentiluomo, prendilo tu quel divano letto! Io dormo con Elena su quello matrimoniale».

Elena sente che c'è **tensione** in aria. Nick non **sta scherzando**, il suo tono è serio.

«Dai ragazzi! Ho già detto che dormirò io sul letto singolo. E adesso **prepariamoci,** che non voglio perdere tempo in camera! Dai usciamo! Siamo a Verona! Dobbiamo andare a vedere la città».

«Va bene cara, come preferisci. Il tuo desiderio è un ordine», dice Isaac con un mezzo sorriso.

Nick lo guarda con **disprezzo**. Si sente in competizione con Isaac e non gli piace questa cosa.

visto che: since/considering that

la tensione: tension

sta scherzando: he is joking (v. scherzare)

prepariamoci: let's get prepared (v. prepararsi)

disprezzo: contempt

Pizzeria Don Angelo

30 dicembre 2022 alle 14:00

«Buonasera. Cosa desiderate?», dice il cameriere della pizzeria Don Angelo.

Questa è una pizzeria molto popolare del centro di Verona. È sempre piena di gente perché non è molto costosa e il cibo è delizioso!

Nick, Isaac ed Elena sono seduti a un tavolo in questa pizzeria. Nick **si guarda intorno**. Vede un quadro a una parete accanto. Sul quadro c'è una foto. Nella foto ci sono quattro pizzaioli vestiti con un **grembiule** nero pieno di **farina**. Accanto a loro c'è una donna.

«Ma quella donna nella foto non è Julia Roberts? Julia Roberts ha mangiato qui».

si guarda intorno: looks around (v. guardarsi intorno)
il grembiule: the apron
farina: flour

Il cameriere risponde,

«Sì, è proprio lei. È stata alla nostra pizzeria di Napoli quando ha fatto un film popolare in Italia. Il film si chiama *Eat, Pray, Love*».

«Certo! Ricordo quel film! Era uno dei miei film preferiti!», risponde Elena.

«**Comunque** adesso ordiniamo eh...che ho **una fame da lupo**!», dice Isaac. Poi continua,

«Vorrei una Margherita per favore».

«La pizza è molto grande?», chiede Elena.

«Sì abbastanza! Normalmente una pizza è per due persone», risponde il cameriere.

«Nick, vuoi **condividere** la pizza con me?», chiede Elena mentre guarda Nick con un sorriso dolce.

«Certamente, io non ho molta fame; **scegli tu**. Per me è uguale».

«Allora noi due condividiamo una Bufala per favore».

comunque: anyway

una fame da lupo: e. as hungry as a wolf / very hungry

condividere: to share

scegli tu: you choose

23

«Perfetto, e da bere?».

«Ragazzi prendiamo tre birre?», chiede Elena.

Sia Nick che Isaac **annuiscono**.

«Allora vorremmo tre **birre alla spina** per favore»,

«Certamente, torno subito».

Dopo circa dieci minuti arrivano le pizze e la birra. Il cameriere mette anche il conto sul loro tavolo.

«Ragazzi se potete pagare per piacere. Chiudiamo fra un quarto d'ora».

«Faccio io», dice Isaac mentre afferra il portafoglio e cerca la carta di credito.

«Non ci posso credere! Ci hanno appena portato le pizze e vogliono che ce ne andiamo fra un quarto d'ora! **Roba da matti!**», si lamenta Nick.

Isaac guarda Nick e pensa, '**Non lo sopporto**. Come faccio a **liberarmi di lui** almeno per qualche ora?'.

annuiscono: they nod (v. annuire)

birra alla spina: draught beer

roba da matti: e. crazy stuff

non lo sopporto: I cannot stand him/it

liberarmi di lui: get rid of him (e. liberarsi di)

24

Isaac guarda Nick, gli fa un sorriso **forzato** e mette il primo **trancio di pizza** in bocca. Osserva Nick ed Elena mentre condividono la pizza.

«Che scena romantica», dice Isaac con un tono sarcastico.

Nick mangia la pizza e **ignora** questo commento.

Elena sorride, ma capisce che tra Isaac e Nick **non scorre buon sangue.**

forzato: forced

trancio di pizza: slice of pizza

ignora: he ignores (v. ignorare)

non scorre buon sangue: e. they don't like eachother

Lo Spritz

30 dicembre 2022 alle 15:00

«Ho mangiato molto bene!», dice Elena mentre esce dal ristorante Don Angelo. Elena, Nick e Isaac camminano insieme verso il centro di Verona.

Attraversano una strada principale e camminano sul marciapiede. Vedono molti negozi. C'è una **tabaccheria**, una **salumeria**, una farmacia, e un **negozio di alimentari**. C'è anche un piccolo bar.

«Come mai tutti i negozi sono chiusi?», chiede Nick

«Forse apriranno più tardi», gli risponde Elena.

«Non lo so. Andare in giro quando i negozi sono chiusi non è divertente», continua Nick.

«Nick, non ti lamentare per piacere. Hai sempre da ridire

una tabaccheria: tobacco shop

una salumeria: deli shop

un negozio di alimentari: food store

26

qualcosa su tutto!».

Nick non sa che dire, e resta in silenzio.

Elena **rompe il ghiaccio** e dice,

«L'arena **dovrebbe essere** a destra. Dobbiamo prendere quella strada», dice mentre guarda Google Maps sul suo cellulare.

Dopo una passeggiata di cinque minuti, arrivano in una piazza grande. In questa piazza si trova la famosa Arena di Verona. L'arena è molto bella e molto grande. È il simbolo di Verona. A destra dell'arena ci sono molti bar con dei tavoli fuori.

«**Sediamoci** un po' e facciamo l'aperitivo», dice Isaac mentre mostra un bar con la mano.

I tre ragazzi si dirigono verso il bar. Isaac va subito a un tavolo. Elena lo segue. Nick invece va verso il menù che si trova vicino alla porta del bar. Osserva il menù per qualche minuto. Poi cammina verso Elena e Isaac, che sono già

rompe il ghiaccio: breaks the ice (e. rompere il ghiaccio)

dovrebbe essere: it should be

sediamoci: let's sit down (v. sedersi imperativo)

seduti a un tavolo.

«Ragazzi questo bar è molto costoso! Un Aperol Spritz costa dieci euro!».

«E allora?», risponde Isaac.

«Avete scelto il bar più costoso di Verona! **Proprio qui** vicino all'arena tutti questi posti **costano una fortuna!**», continua Isaac.

«Dai siediti. Che problema hai? Non hai soldi per pagare una bevanda?», dice Isaac con un tono di disprezzo.

Nick sente **un calore che gli sale in testa**. Si arrabbia.

«Magari non tutti hanno un papà **miliardario** che gli paga tutto!».

Isaac si alza dal tavolo.

«Ma tu sei scemo? **Che c'entra mio padre** ora?», dice Isaac con una voce arrabbiata.

proprio qui: right here

costano una fortuna: e. they cost a fortune

un calore che gli sale in testa: a rush of blood that goes up to his head

miliardario: billionaire

che c'entra mio padre?: what does my dad have to do with it?

Nick diventa rosso e comincia a **balbettare**.

«I-o **non po-sso per-metter-melo**…», dice Nick con una voce **tremante**. Nick balbetta sempre quando **si innervosisce**. È molto difficile per lui **gestire** forti emozioni.

«E allora va da un'altra parte. Io ed Elena restiamo qui».

Elena si sente in mezzo a una discussione. Non sa cosa dire. Guarda Nick e lo vede rosso come un peperoncino. **Le fa tenerezza**. Si alza dalla sua sedia, si avvicina a Nick e gli dice,

«Dai, restiamo qui. Non ti preoccupare. Offro io. La prossima volta troviamo un'altro posto più economico».

Il cameriere si avvicina. Nick lo vede e si siede a tavolo.

«Un campari Spritz per favore», dice Nick al cameriere. Rimane in silenzio e prova a calmarsi. Si sente un **fallito**.

balbettare: stammer

non posso permettermelo: I cannot afford it (v. permetterselo)

tremante: trembling

si innervosisce: he gets annoyed (v. innervosirsi)

gestire: to control / manage

le fa tenerezza: she feels sympathy for him

un fallito: a failure

Il parco delle mura

30 dicembre 2022 alle 17:00

Elena, Isaac e Nick camminano nel centro di Verona. Prima fanno delle foto con l'arena nello **sfondo**. Poi si dirigono verso il balcone di Giulietta. **Purtoppo,** non possono entrare a vedere il balcone perché è chiuso. Vedono il balcone da fuori, da dietro un cancello. Fanno qualche foto ma il balcone si vede dalla distanza.

Poi continuano verso Piazza delle Erbe.

«Ragazzi qui è fantastico! Mi piace molto questa piazza!», dice Isaac.

«Sì, piace anche a me», risponde Elena con tono **allegro**.

Nick non dice niente e rimane in silenzio. Nick **non si**

sfondo: background

purtroppo: unfortunately

allegro: joyful

sente a suo agio, e pensa, 'Ho fatto uno **sbaglio** a venire a Verona con loro. **Sarebbe stato** meglio venire da solo, o con Elena'

«Nick guarda, c'è un venditore di **castagne**! Ti piacciono le castagne. Andiamo a comprarne un po'».

Tutti e tre i ragazzi vanno verso la **bancarella** delle castagne.

«Salve. Possiamo avere due etti di castagne per favore?», chiede Elena.

Il venditore le mette in una busta di carta e le dà a Elena. Elena offre le castagne prima a Nick, poi a Isaac. Entrambi prendono le castagne **volentieri**. Camminano e mangiano allo stesso tempo. Nick mangia piano e continua a non dire niente. Non è di **buon umore**.

non si sente a suo agio: he doesn't feel comfortable

sbaglio: mistake

sarebbe stato: it would have been (v. essere condizionale composto)

le castagne: chestnuts

la bancarella: the stall

volentieri: gladly

buon umore: good mood

«**Si sta facendo buio**. Ritorniamo in albergo, che ne dite?», dice Isaac finalmente.

«Si va bene», risponde Nick. Poi continua,

«Comunque ci riposiamo un po', facciamo una doccia, e poi usciamo stasera, **giusto**?».

«Sì, **come no**! Siamo a Verona. Dobbiamo uscire **per forza**!», dice Elena.

I ragazzi cambiano direzione e si dirigono verso il loro albergo.

Camminano per circa un quarto d'ora. L'albergo è ancora un po' lontano.

Elena guarda il suo cellulare e osserva Google Maps. Poi, ad un tratto si ferma. Con le dita **ingrandisce** la mappa sul suo telefono e dice,

«Ragazzi, secondo Google Maps, se passiamo da questo

32

parco **accorciamo la strada** di dieci minuti. Questo parco ha un'altra uscita, che ci porterà a una strada parallela alla strada dell'albergo Stragande».

«Ne sei sicura?», le chiede Isaac.

«Sì, guarda», e gli dà il telefono per verificare»

Mentre Isaac osserva il nuovo **percorso**, Nick dice,

«Ragazzi, per me è uguale. Decidete voi».

I ragazzi decidono che **ne vale la pena**. Il cancello del parco è aperto, allora entrano e cominciano a camminare. Appena entrano vedono una grande tabella di legno con il nome: Parco delle Mura.

Seguono un **sentiero** che porta a ovest del parco verso la seconda uscita. Nel parco ci sono molti alberi, soprattutto **pini**. Ci sono dei fiori colorati, e anche dei **cespugli**.

accorciamo la strada: we reduce the distance

il **percorso**: route

ne vale la pena: it's worth it

un **sentiero**: path

i **pini**: pine trees

i **cespugli**: shrubs

Al lato del sentiero ci sono le **panchine** di legno. Comunque, non vedono altre persone. La camminata nel parco è piacevole. Sentono gli uccelli cantare. Il cielo ha molti colori; rosa, blu scuro e arancione. È quel momento del giorno poco prima del **tramonto** e tutto sembra molto bello.

I ragazzi camminano in silenzio e dopo cinque minuti escono dal parco. Arrivano in una strada principale ed Elena fa strada verso l'albergo.

le panchine: benches

il tramonto: sunset

Una serata tranquilla

30 dicembre 2022 alle 19:00

Sono le diciannove, e i tre ragazzi sono in albergo. Elena legge un libro sul suo divano letto. Isaac fuma una sigaretta nel balcone. Nick invece si fa la doccia.

Isaac entra in camera e dice,

«Elena cosa facciamo stasera?».

«**Sinceramente,** io ho fame», risponde Elena.

Nick apre la porta del bagno ed esce. Ha un asciugamano intorno alla **vita**, è a **torso nudo**. Elena toglie lo sguardo dal suo libro e vede **i pettorali scolpiti** di Nick. Elena arrossisce e **abbassa lo sguardo.**

«Dai, mettiti un maglione! Che ci fai qui mezzo nudo?»,

sinceramente: honestly

la vita: waist

a torso nudo: bare-chested

i pettorali scolpiti: defined pectorals

abbassa lo sguardo: looks down (e. abbassare lo sguardo)

dice subito Isaac.

«Vi ho sentito parlare e sono uscito», risponde Nick mentre afferra una maglietta e **se la mette**. Poi continua,

«Anch'io ho molta fame. Ma non ho tanta voglia di uscire. Sono stanco dopo il lungo viaggio».

«Sembri un vecchio di ottant'anni», gli dice Isaac con un tono sarcastico. Poi guarda Elena e le chiede,

«E tu cosa hai voglia di fare? Usciamo o rimaniamo in camera?»

«In realtà **a me non dispiace** rimanere in albergo. Usciamo domani per la vigilia di Capodanno. Stasera possiamo rimanere qui e magari ordinare un *takeaway*. Che ne dite?», chiede Elena mentre mette giù il libro e prende il suo telefono. Elena cerca l'app di Bolt sul suo telefono.

«Cosa avete voglia di mangiare? Sushi? Cinese? Hamburger? Pizza?», chiede Elena.

«Visto che siamo in Italia, prendiamo una pizza!», dice subito Isaac.

se la mette: he puts it on (v. mettersela)

a me non dispiace: e. I don't mind

«**Di nuovo**? Ma non abbiamo preso una pizza questo pomeriggio?», chiede Nick.

«Sì, è vero, ma una pizza come quella di oggi non la troviamo in Inghilterra! Era buonissima! Ordiniamo un'altra volta dalla pizzeria Don Angelo? Era veramente fantastica!», dice Elena.

«Va bene hai vinto. Prendiamo un'altra pizza ma questa volta vorrei una Quattro Formaggi. E prendo una tutta per me!», dice Nick mentre fa un mezzo sorriso.

«E io prendo una Quattro Stagioni», dice Isaac.

Elena si mette al telefono e cerca la pizzeria Don Angelo. Non la trova su Bolt. Allora va su Google e scrive il nome DON ANGELO. C'è un numero di telefono **straniero**. Poi dice,

«Isaac, chiami tu per ordinare le nostre pizze?».

Isaac le fa un sorriso dolce e le dice,

«Certo. Lo faccio io. Dammi il numero».

di nuovo: again
straniero: foreign

«Allora devi **premere** 0039 045 097683».

Isaac mette tutto il numero sul suo cellulare e aspetta che qualcuno risponde.

«Buonasera. Posso ordinare tre pizze per favore? E potete **consegnarcele** al nostro albergo?....Ah, non fate consegne…Ho capito…Aspetti un secondo per favore…».

Poi Isaac guarda i ragazzi e dice,

«Ragazzi dobbiamo andare a prendere le pizze noi! Non fanno *delivery*! Cosa facciamo? Ordiniamo lo stesso?»

«Si dai. Vado io a prenderle», gli dice Nick.

«Va bene. E tu, che pizza vuoi Elena?».

«Vorrei una Margherita grazie», gli risponde.

Isaac **appoggia** il telefono al suo **orecchio** e dice,

«Va bene allora vorremo una Margherita, una Quattro Formaggi e una Quattro Stagioni, per favore…Quando sarà pronto l'ordine?...Va bene grazie mille e ci vediamo presto».

premere: press

consegnarcele: deliver them to us (v. consegnare le pizze a noi)

orecchio: ear

appoggia: lays (v. appoggiare)

Isaac chiude la telefonata e dice,

«Ragazzi abbiamo poco tempo. Sarà pronto tra venti minuti».

Nick si alza dal letto, e va verso l'armadio. Prende la sua giacca e se la mette.

«Vado subito», dice Nick

«Aspetta. Vengo con te», dice Isaac.

Separiamoci

30 dicembre 2022 alle 19:30

Elena rimane sola nell'appartamento. Esce in balcone e guarda giù verso la strada. Vede Nick e Isaac che camminano insieme. Elena tira fuori **l'accendino** dalla **tasca** e accende una sigaretta. Si mette seduta sulla sedia fuori. Dopo qualche minuto, comincia a sentire freddo, allora entra in camera per prendere il suo **piumino**. Prende anche il telefono e ritorna fuori.

Apre Tiktok. Guarda attentamente un video divertente. All'improvviso riceve un messaggio. Non lo apre ma vede la notfica che appare sullo schermo. È Nick,

Vuoi qualcosa da bere?

l'**accendino**: lighter

la **tasca**: pocket

il **piumino:** winter jacket

Elena guarda il messaggio e sorride. Poi risponde,

Mi piacerebbe **una bottiglia di vino rosso. Anzi, prendine**

due*!*

Dopo qualche minuto, arriva un altro messaggio,

Come desideri. Sceglierò due vini buoni. Uno rosso e uno

bianco.

Nel frattempo...

Isaac e Nick camminano verso la pizzeria Don Angelo.

Nick legge il messaggio sul suo telefono e poi dice,

«Dobbiamo prendere due bottiglie di vino».

Isaac lo guarda e non risponde subito. Poi dice,

«Non so se avranno delle bottiglie di vino in vendita da

quella pizzeria. Forse possiamo comprare del vino da quel

negozio di alimentari che abbiamo visto stamattina.

Ricordi?».

«Quel negozio vicino al parco?», chiede Nick.

«Sì, proprio quello! **Anzi,** ti dico cosa facciamo.

mi piacerebbe: I would like

prendine due: get two of them (v. prendere + ne)

anzi: rather / do you know what?

41

Separiamoci. Io vado alla pizzeria, tu vai a prendere il vino da quel negozio. Così non perdiamo tempo e non mangiamo una pizza fredda».

«Va bene. È una buona idea. Allora ci incontriamo in albergo fra quindici minuti?», chiede Nick.

«Perfetto! Anche prima. **Se non dovrò aspettare** alla pizzeria, anche meno. Ci vediamo fra dieci minuti».

«Va bene allora **facciamo così**. Ci vediamo dopo», dice Nick mentre si gira e cammina verso la direzione del parco.

30 minuti dopo...

Isaac arriva al cancello dell'albergo con tre **cartoni** di pizza in mano. La pizza si è raffreddata.

'Questa non era una buon'idea. Non so perché non abbiamo scelto di mangiare da un altro ristorante che faceva le **consegne**'.

separiamoci: let's separate (v. separarsi)

se non dovrò aspettare: If I will not have to wait (v. dover aspettare)

facciamo così: let's do that

cartoni: pizza boxes

le consegne: deliveries

Isaac suona il citofono e il cancello si apre. Ha le mani piene, allora **fa fatica** ad aprire la seconda porta che dà alla reception. In qualche modo **riesce** a premere il pulsante dell'ascensore e sale al quarto piano. Esce e **percorre** il corridoio. Arriva alla camera 406, e dice,

«Elena sono io, apri per piacere!».

Elena apre subito la porta e Isaac entra e mette i cartoni di pizze sulla scrivania.

«Ragazzi ma dove siete stati? Sono passati quasi quarantacinque minuti!», dice Elena che lascia la porta aperta. Poi guarda fuori dalla camera e sembra di cercare qualcuno. Poi dice,

«**Senti ma**… dov'è Nick?».

fa fatica: he struggles (e. fare fatica)

riesce: he succeeds in (v. riuscire a)

percorre: walks across (v. percorrere)

senti ma…: listen…

Calma!

30 dicembre 2022 alle 20:35

«Come, dov'è Nick?», chiede Isaac che sembra sorpreso.

«Nick non era con te?».

«Sì, ma ci siamo separati. Lui è andato al negozio di alimentari a comprare del vino. Io invece sono andato in pizzeria a prendere le nostre pizze. Non è ancora arrivato?»

«No! Qui non è tornato!», dice Elena che comincia ad **andare nel panico**.

«Senti, **calmati**. Probabilmente sarà andato **da qualche parte**».

«Oh, forse si è perso! Nick non è molto bravo con le direzioni».

«Sì, ma lui ha il suo cellulare. Potrebbe usare Google

andare nel panico: e. to panic

calmati: calm down (v. calmarsi imperativo)

da qualche parte: somewhere

Maps. Senti perché non proviamo a chiamarlo?».

«Va bene. Lo faccio io».

Elena cerca il suo telefono ma non lo trova. Elena comincia ad agitarsi. Non le piace molto questa situazione. Sente che il suo amico potrebbe **essere nei guai**.

«Dove ho messo il mio cellulare???», **urla** Elena con un senso di urgenza nella sua voce.

«Elena calmati! Ti stai preoccupando per niente. Aspetta ti chiamo io».

«No! Non chiamare me. Chiama Nick!!».

Elena fa un lungo **sospiro**. Sente un calore che le sale alla testa. Prova a calmarsi. Elena ha imparato a fare lunghi respiri perché soffre un po' di **ansia**.

«Una cosa alla volta. Prima troviamo il tuo telefono e poi chiamiamo Nick. Va bene?», dice Isaac.

Elena non risponde, e continua a cercare il suo telefono.

essere nei guai: e. to be in trouble

urla: she shouts (v. urlare)

un sospiro: sigh

l'ansia: anxiety

Isaac fa il numero di Elena. Sentono una **vibrazione** che proviene dal letto. Isaac va subito verso il letto, **solleva** il cuscino e dice,

«Eccolo! L'abbiamo trovato!».

Isaac dà il telefono a Elena, che lo afferra subito. Poi comincia a chiamare Nick. Mette il telefono al suo orecchio e aspetta. Mentre aspetta **sbatte** il piede destro per terra. Comincia ad innervosirsi. Nick non risponde. Elena guarda di nuovo il telefono per controllare che aveva chiamato Nick. Non può crederci!

«Perché non risponde?», chiede con una voce preoccupata.

«Non lo so. Ma stai tranquilla. Sono sicuro che ci sia una **spiegazione** per tutto questo. Non ti preoccupare».

Elena non sente nemmeno le parole di Isaac. La sua testa è **altrove**.

una vibrazione: vibration

solleva: he lifts (v. sollevare)

sbatte: she stomps (v. sbattere)

una spiegazione: n.f. an explanation

altrove: somewhere else

«**Gli è successo qualcosa**!!! Io vado a cercarlo! Vieni con me?».

«Non sono d'accordo. È meglio restare qui. Nick può ritornare da un momento all'altro. Dai calmati. Siediti».

«Non mi dire cosa fare! Come fai a stare tranquillo quando Nick è **scomparso**?».

«Nick non è scomparso! Sarà andato a fare una passeggiata», dice Isaac con una voce calma.

«Mentre noi lo aspettiamo per mangiare la pizza?! Ti sembra normale questo?».

Isaac sa che Elena **ha ragione**. Per una volta non ha parole e rimane in silenzio.

«Senti, io vado a cercarlo. Tu invece, resta qui, **nel caso che ritornasse**», dice Elena mentre prende la sua giacca e cammina verso la porta. Esce dalla camera e con **un passo affrettato** si dirige verso l'ascensore. Prova a chiamare Nick

gli è successo qualcosa: something happened to him (v. succedere + a lui + gli)

scomparso: disappeared

ha ragione: she's right (e. avere ragione)

nel caso che ritornasse: in case he would return

un passo affrettato: a hurried pace

un'altra volta, ma **senza successo**. Nick non risponde.

Isaac rimane da solo in camera. Apre un cartone e prende un trancio di pizza. Si mette seduto sul letto e con il telecomando accende la TV.

'Tutto questo panico per niente', pensa e comincia a guardare la partita dell'Inter contro l'Atalanta.

Verso le 22:30…

Elena ritorna in albergo. Entra in camera e vede Isaac che dorme. Nick non c'è.

'Ma guarda questo! Nick è scomparso e questo dorme!».

Elena va accanto a Isaac e con un tono irritato dice,

«Ehi, svegliati».

«Che c'è?», chiede Isaac mezzo addormentato.

«Ti ho mandato cinque messaggi e non hai risposto nemmeno a uno! Come fai a dormire? Non capisci che Nick è in pericolo?».

senza successo: unsuccessful

Isaac non dice niente e rimane a letto. Si gira e mette il cuscino sopra la sua testa.

«Fai come vuoi! Io vado a chiamare la polizia».

«La polizia non farà niente», dice Isaac con un tono **seccato**. Poi continua,

«Non hai mai visto i **film gialli**? Devono passare almeno ventiquattro ore per **denunciare** una persona scomparsa»

«Questo non è un film!!!», grida Elena. Poi continua,

«Nick non c'è, e **non è da lui**!».

«Lo so ma ti ripeto che la polizia non farà assolutamente niente. È inutile. Aspettiamo fino a domani mattina. Se non ritornerà, ti prometto che andrò io dalla polizia»

Elena non sa cosa fare. Decide che forse Isaac ha ragione. Si mette a letto senza cambiare i vestiti. Guarda le luci **spente** del soffitto. È preoccupata, ma allo stesso tempo è anche molto stanca.

seccato: annoyed

i film gialli: thriller movies/films

denunciare: report

non è da lui: it's out of character for him

spente: agg. f. pl. switched off

Dopo qualche ora, **non ce la fa più**. Pensa, 'Ogni minuto che passa potrebbe essere **decisivo!**'.

Si alza dal letto all'improvviso e prende il suo telefono **disperata**. Su *Google search* cerca;

Polizia Verona

non ce la fa più: she cannot take it anymore

decisivo: crucial

disperata: desperate (agg. f. sing)

La chiamata alla polizia

31 dicembre 2022 alle 02:00

«Pronto, **questura** di Verona. Come posso aiutarla?».

«Pronto, sono Elena Martinelli e vorrei denunciare la **scomparsa** di un mio amico. Si chiama Nick Conley. È uscito poche ore fa per comprare del vino e non è ritornato»

«Ha detto Nick Conley?».

«Sì. È inglese, di Londra. Noi siamo turisti. Siamo arrivati a Verona oggi».

«Senta, Signorina Martinelli, **le conviene** venire in questura. Le dobbiamo parlare».

«Va bene, arrivo. Ma **è successo qualcosa?**».

«Non le possiamo dare informazione al telefono. La

> **questura:** police station
> **la scomparsa**: n. f. the disappearance
> **le conviene**: you'd better
> **è successo qualcosa?**: did something happen?

51

prego, venga. La aspettiamo. Se vuole mandiamo un agente a prenderla».

«Va bene. Mandi un agente per favore. Sono all'albergo Stragrande. Non conosco l'indirizzo!».

«Va bene. **Ci pensiamo noi**».

Elena chiude la chiamata e si mette seduta sul letto. Sta per **svenire**. Vede tutto nero per qualche minuto. Sente il cuore che le batte forte.

Nel frattempo, Isaac **si accorge** dello stato di Elena. Si alza dal letto e va ad aiutarla.

«**Sdraiati** sul letto», le dice con calma. Poi le solleva le gambe. Il sangue scende nella testa di Elena. Dopo qualche minuto, Elena si sente meglio.

«Cos'è successo?», chiede Isaac.

«Non lo so, ma vogliono parlare con noi. Sono sicura che

ci pensiamo noi: e. we'll take care of it

svenire: to faint

si accorge: he realizes/he notices (v. accorgersi)

sdraiati: lay down (v. sdraiarsi)

52

è successo qualcosa. **Me lo sento**. Verrà a prendermi un agente per portarmi in questura».

«Adesso??? E io devo venire con te?».

«Sì, è meglio».

«Senti, io preferisco restare qui. Tu non hai fatto il mio nome alla polizia no?»

Elena non può credere che Isaac **la lascerà** da sola. Si trova in un paese straniero, in una città **sconosciuta**. Si sente ansiosa. E il suo amico preferisce restare a letto a dormire.

«No, non ti **ho menzionato**. Ma…».

«E allora io resterò qui».

All'improvviso vedono le luci blu della polizia dalla porta del balcone.

«La macchina è arrivata. Vai, e **fammi sapere** cosa succede», dice Isaac.

me lo sento: I feel it

la lascerà: he will leave her

sconosciuta: unknown

ho menzionato: I mentioned (v. menzionare)

fammi sapere: let me know

Elena si mette la giacca ed esce dalla camera **sbattendo** la porta.

sbattendo: slamming (v. sbattere gerundio)

In Questura

Più tardi, quella notte…

Sono le due e mezza della mattina, ed Elena è seduta su una sedia, nella questura di Verona. Aspetta con **ansia** che qualcuno le venga a parlare.

«Vuole un caffè?», le chiede l'agente che **l'aveva portata** in questura.

«Sì, grazie».

Elena è molto ansiosa, ma rimane **cortese** con la polizia. Il poliziotto si avvicina al **distributore automatico**. Dopo qualche minuto, le porta un caffè. Elena **non si aspettava** di ricevere un espresso. Lo beve in un secondo.

ansia: anxiety
l'aveva portata: had brought her (v. portare trapassato prossimo)
cortese: polite
distributore automatico: vending machine
non si aspettava: she wasn't expecting (v. aspettarsi)

All'improvviso arriva un uomo e le dice,

«Signorina Martinelli? Venga nel mio ufficio per favore»

Elena si alza subito e lo segue. Entra in una camera spaziosa, con un grande tavolo nel mezzo.

«Si sieda, prego», le dice quest'uomo.

Elena si siede e vede di fronte a lei un uomo vestito molto elegante. Ha un completo da uomo blu scuro e porta una **cravatta** grigia. È alto, magro, con i capelli castani, gli occhi neri, e un po' di barba. È un uomo molto attraente.

«Buonasera Signorina Martinelli. Io sono l'Ispettore Feltrino. **Innanzitutto,** la ringrazio di essere venuta in questura a quest'ora. Le ricordo che ogni cosa che dirà **sarà registrata**».

Adesso Elena comincia a perdere la pazienza.

«Insomma, ispettore. Mi può dire che sta succedendo?»

«Ha ragione, mi dispiace. C'è stato un **omicidio**».

una cravatta: tie

innanzitutto: Firstly

sarà registrata: will be recorded

omicidio: murder

Pensiamo che la vittima potrebbe essere il suo amico, Nick Conley».

Elena si sente male all'improvviso. Vede **la parete** bianca difronte a lei che comincia a girare. In un secondo, **perde l'equilibrio** e cade dalla sedia.

la parete: the wall

perde l'equilibrio: she loses balance

La vittima

31 dicembre alle 03:00

«Signorina Martinelli! Signorina Martinelli! Elena! Elena! Si svegli! Elena!».

Elena sente tutte queste voci dalla distanza. Vede tutto nero e **sta per vomitare.** Poi sente una voce dire,

«Portate un caffè, subito!».

Poi un'altra voce che **riconosce** dice,

«Ma ispettore, ha già bevuto un caffè pochi minuti fa».

«**Non importa.** Portatele un'altro caffè e metteteci dello zucchero. Subito!», **ordina** l'ispettore.

Un'altra voce dice,

«**Si sta riprendendo.** Elena? Elena mi sente?».

> **sta per vomitare:** she is about to vomit
> **riconosce:** she recognizes (v. riconoscere)
> **non importa:** it doesn't matter
> **ordina:** orders (v. ordinare)
> **si sta riprendendo:** she's recovering (reprendersi)

58

Elena vede il soffitto e tre persone intorno a lei. Si sente ancora male. Gli agenti la aiutano a sedersi per terra. Un agente le dà un caffè in un **bicchierino** di plastica. Il profumo del caffè **le fa venire la nausea**.

«Lo beva! Ha avuto **un calo di** zuccheri», dice l'ispettore.

«**Non ce la faccio**», dice Elena con poca energia. Poi continua,

«Nick è morto? Non può essere lui!», dice Elena mentre una **lacrima** scende sulla sua **guancia** sinistra. Comincia a piangere.

«Dobbiamo verificare con lei l'identità della vittima. Le dobbiamo mostrare delle foto. Ma prima si riposi un attimo. Si deve riprendere. Beva il caffè e verrò a parlarle tra poco», le dice l'ispettore.

un bicchierino: a small cup

le fa venire la nausea: makes her feel nauseous

un calo di: a drop of

non ce la faccio: I cannot do it

una lacrima: a tear

la guancia: cheek

«Me lo dica adesso! Non voglio aspettare! Mi mostri quelle foto adesso! Devo sapere!», Elena è ancora seduta sul pavimento. Usa la poca energia che ha per dire queste parole.

L'ispettore annuisce ed esce dall'ufficio. Ritorna dopo pochi minuti con una **busta** marrone in mano. Dalla busta tira fuori delle foto Polaroid. Prende la prima foto e la mostra ad Elena.

«Questo è Nick Conley?».

Elena non dice niente e **scoppia in lacrime**.

La scena del crimine

31 dicembre alle 23:30. Più presto quella notte...

L'ispettore Feltrino arriva all'ingresso del Parco delle Mura. Tutta la strada è bloccata. Ci sono molte luci e c'è molta gente intorno. La polizia ha messo il **nastro** per **impedire** alle persone di entrare nel parco. L'ispettore si fa in avanti e mostra il suo **distintivo della polizia**. Gli agenti che **sorvegliano** la scena del crimine lo lasciano passare.

Prima di entrare nel parco, l'ispettore guarda su. Si gira e continua a guardare in alto. Non vede quello che sta cercando. Poi entra e comincia a camminare verso la direzione del **cadavere**.

il **nastro**: tape

impedire: v. to prevent

il **distintivo della polizia**: police badge

sorvegliano: watch over (v. sorvegliare)

il **cadavere**: corpse

«Salve Ispettore. Sono qui prima di lei», gli dice l'agente Caruso.

«Buonasera Caruso», risponde l'ispettore mentre guarda nella direzione della vittima.

L'ispettore non ha voglia di parlare molto. Osserva la scena in silenzio per alcuni minuti. Vede un ragazzo **steso** per terra. Si trova accanto a dei cespugli su un sentiero a pochi metri di distanza dall'uscita. Il ragazzo sembra giovane. Non si può vedere bene la faccia perché è coperta di **sangue**. Sembra di avere un colpo alla testa. Ha delle **ferite** anche nella pancia. Sembra che sia stato colpito da un **oggetto tagliente** molte volte. Accanto al suo corpo, per terra c'è un **sacchetto** di plastica con due bottiglie di vino. L'ispettore fa un sospiro. Poi chiede,

«Abbiamo qualche informazione?».

«Non sappiamo ancora l'identità della vittima, ispettore.

steso: lying down

il sangue: blood

le ferite: wounds

un oggetto tagliente: sharp object

un sacchetto: bag

Non ha **portafoglio** o documenti».

«Mmm…», dice l'ispettore mentre si tocca il **mento** con la mano destra. L'ispettore non dice niente e continua a pensare.

«Lo ha trovato una coppia che passava dalla strada principale. Lo hanno visto da fuori».

«Dobbiamo prendere la loro **dichiarazione** ufficiale»,

«Si ispettore. Gliel'ho già detto», risponde l'agente.

L'ispettore osserva la posizione della vittima. Era molto vicino all'uscita.

«Qualcuno **avrà sentito** qualcosa. Non capisco come un assassino possa uccidere qualcuno proprio qui, a cinque metri da una strada principale. Aveva tutto il parco per farlo. Lo uccide proprio qui?! Sembra una cosa senza senso», dice l'ispettore Feltrino.

«Non **dovrebbe essere stato ucciso** da tanto tempo»

un **portafoglio**: a wallet

il **mento**: chin

la **dichiarazione**: statement

avrà sentito: would have heard

non dovrebbe essere stato ucciso: he shouldn't have been killed

«Sono d'accordo. La coppia che l'ha trovato non ha visto o sentito niente?», chiede l'ispettore.

«Dicono di no. Passavano di qui verso le undici. Dicono che ritornavano a casa da una festa. Il ragazzo ha guardato nel parco per caso. Poi ha visto qualcosa per terra sul sentiero. **Si è incuriosito** e insieme alla sua ragazza sono entrati per vedere cosa era. Poi hanno visto che era un corpo umano, un cadavere. Hanno avuto paura e hanno subito chiamato la polizia».

«Ho capito. Questo parco rimane aperto tutta la notte?»

«Sì, ispettore. Non chiude mai. Delle persone del locale dicono che non è un bel posto durante la notte».

«Che vuol dire?», chiede l'ispettore.

«Dicono che di notte vengono delle persone...non per bene»

L'ispettore continua a guardarsi intorno. Osserva una piccola bottiglia di Vodka vuota. Si trova per terra, vicino a un **cestino dell'immondizia**.

si è incuriosito: he got curious (v. incuriosirsi)

un cestino dell'immondizia: a rubbish bin

64

«Non dimenticate di prendere quella bottiglia», dice l'ispettore alla **squadra forense**. Si gira e si dirige verso la sua macchina. Appena fuori dal parco, accende una sigaretta. Si sente più tranquillo quando fuma.

'Sarà una lunga notte', pensa. Poi, **si volta** verso un agente e gli dice,

«Prepara il caffè! Abbiamo molto da fare per trovare quest'assassino»

la squadra forense: forensic team

si volta: he turns around (v. voltarsi)

Elena

31 dicembre alle 05:00

«Ispettore, abbiamo parlato con la MET, la polizia di Londra»

«Sì, so cosa significa la MET, Caruso! E allora?».

«Dicono che andranno personalmente a casa di Nick Conley. **Daranno la brutta notizia** alla sua famiglia».

«Che modo terribile di iniziare il 2023!», dice l'ispettore. Poi, guarda la ragazza seduta difronte a lui. Elena Martinelli è molto **pallida**. Ha gli occhi rossi e lucidi. Continua a piangere. Poi all'improvviso dice,

«Devo **avvertire** Isaac!».

«Chi è Isaac?», le chiede l'ispettore, con una penna in mano pronto a scrivere.

daranno la brutta notizia: they will give the bad news

pallida: pale. agg. f.

avvertire: inform (v. avvertire)

66

«Isaac Kirkup. Lui è venuto in vacanza con noi. Doveva essere una bella vacanza tra amici! Non capisco chi **può aver ucciso** Nick? Nick non conosce nessuno a Verona!».

«Allora Signorina Martinelli, conferma che siete venuti a Verona in tre? Lei, Nick Conley e Isaac Kirkup. Lo conferma?».

«Sì», risponde Elena mentre **si asciuga** le lacrime con un **fazzoletto di carta**.

«Caruso! Vieni. Contatta questo Isaac Kirkup. Digli di venire in questura, immediatamente».

«Sì Signore», risponde l'agente Caruso, mentre esce dalla stanza e va a fare il suo lavoro.

«Allora Signorina Elena Martinelli. Cominciamo dall'inizio. Quando siete arrivati a Verona?».

«Siamo arrivati oggi!».

«Cioè, ieri, giusto? Oggi è il trentuno dicembre».

«Sì, ispettore, mi scusi. Siamo arrivati ieri pomeriggio,

può aver ucciso: could have killed (v. uccidere)

si asciuga: dries (v. asciugarsi)

fazzoletto di carta: tissue

verso le dodici».

«Di chi era l'idea di venire a Verona?».

«Mia! Ho comprato i biglietti per tutti. Era una sorpresa! Non ci posso credere! Questa **è tutta colpa mia**! Io ho insistito di venire!», dice Elena **piangendo**.

«Signorina, questa non è colpa sua. La prego, si calmi. Dobbiamo continuare con **l'interrogatorio**».

«Va bene mi dispiace. E che sono ancora **sotto schock**!»

«Va bene allora continuiamo. Come conosce Nick Conley?».

«Lo conosco da un po' di tempo. L'ho incontrato all'università. Conosco molto bene anche la sua famiglia».

«Bene. E Isaac Kirkup? Che rapporto ha con il Signor Conley?».

«Non si conoscono da tanto, ispettore. Non posso dire che sono amici».

è tutta colpa mia: it's all my fault

piangendo: crying

l'interrogatorio: interrogation

sotto schock: shocked

«Intende dire che sono **nemici**?».

«Oh, no ispettore, no! Non ho mai detto questo! È solo che…non vanno molto d'accordo. **Hanno litigato** un po' oggi».

L'ispettore alza **le sopracciglia** e con una faccia **sospettosa** chiede,

«Hanno litigato perché?».

«Oh **santo cielo**! Non lo so! Oh, mi dispiace non volevo dire questo!», Elena è in uno stato di panico. Questo è molto chiaro all'ispettore.

«Le ripeto la domanda, Signorina Martinelli: perché Isaac Kirkup e Nick Conley hanno litigato?».

«Ispettore non hanno litigato! Ma diciamo che…**non si sopportano tanto**».

«Perché non si sopportano?».

i nemici: enemies

hanno litigato: they argued

le sopracciglia: eyebrows

sospettosa: suspicious

santo cielo!: Good heavens!

non si sopportano tanto: they can't stand eachother much

«Penso che si sentano in competizione tra di loro».

«Se non si sopportano, perché gli ha detto di venire in vacanza con lei?».

«Non lo so ispettore. Io non lo sapevo! **Mi sono resa conto** solo oggi che non vanno molto d'accordo!», grida Elena.

All'improvviso entra l'agente Caruso e dice,

«Ispettore, abbiamo contattato Isaac Kirkup. Sarà qui fra una mezz'ora al massimo».

«Grazie Caruso», dice l'ispettore con un tono **drammatico**.

L'agente Caruso esce dalla stanza. L'interrogatorio con Elena continua….

mi sono resa conto: I realised (e. rendersi conto)

drammatico: dramatic

Isaac

31 dicembre alle 06:00

«Signor Isaac Kirkup, **ha ucciso lei,** Nick Conley?», chiede l'ispettore Feltrino con una voce arrabbiata.

«Ho fatto cosa? Io non ho ucciso nessuno! **Come si permette** di accusarmi di omicidio?», risponde Isaac.

L'ispettore si alza lentamente dalla sua sedia. Cammina intorno alla **sala interrogatoria** senza dire niente. Poi dopo un po' dice,

«Io non la sto accusando. Le sto chiedendo. Ha ucciso lei Nick Conley?», ripete la domanda ma questa volta con una voce più calma.

«No! Per quale motivo **avrei dovuto uccidere** Nick?

ha ucciso lei: did you kill (e. uccidere)

come si permette?: how dare you?

sala interrogatoria: interrogation room

avrei dovuto uccidere: I would have killed (v. dover uccidere)

Ispettore io sono un bravo ragazzo. Studio all'università di Londra. L'anno prossimo **mi laureo** in ingegneria meccanica. Vengo da una famiglia per bene. Non capisco perché pensa che io abbia ucciso Nick!», dice Isaac con una voce disperata.

«Senta, Signor Kirkup. In questo momento lei non è in una buona posizione. Lei è l'ultima persona che ha visto Nick da vivo. Poi sappiamo anche che fra lei e Nick non scorreva buon sangue».

Isaac pensa, '**Accidenti** a Elena. Perché è andata a dire alla polizia che non vado d'accordo con Nick? Adesso mi ha messo in **una fossa dei serpenti**!'.

«Le conviene confessare», ripete l'Ispettore.

«Va bene confesso. È vero. Io e Nick non eravamo amici. A entrambi piace Elena. O per meglio dire, ci piaceva!».

Gli occhi dell'ispettore si aprono, e fissano Isaac.

«Mi dica, perché avete litigato lei e Nick Conley?».

mi laureo: I'm graduating (v. laurearsi)

accidenti! damn!

una fossa dei serpenti: a snake pit

72

«Non abbiamo litigato. Ma lui continuava a lamentarsi per ogni cosa. Questo mi dava molto fastidio, e gliel'ho detto. Poi non mi piaceva vedere che Elena gli dava molta attenzione».

«Dunque era geloso di Nick?».

«Forse un po', sì. Ma non di Nick. Io sono geloso di qualsiasi ragazzo che si avvicina a Elena!».

«Mi dica cos'è successo esattamente quella notte».

«Io e Nick siamo andati a prendere le pizze dalla pizzeria Don Angelo in Via Del Fiore. Quello era il **piano**. Poi Nick mi ha detto che voleva comprare del vino. Io **gli ho suggerito** di separarci. Gli ho detto di andare dal negozio di alimentari vicino al parco. Io ho continuato per la mia strada per arrivare alla pizzeria. Da quel momento in poi, io non ho più visto Nick! Sono arrivato in pizzeria e ho aspettato per le pizza per oltre venti minuti! Poi ho preso i cartoni e sono ritornato in albergo. Credevo di trovare Nick ed Elena in camera. Ma Nick non c'era! Io non mi sono

il piano: the plan

gli ho suggerito: I suggested to him (v. suggerire + a lui = gli)

73

preoccupato più di tanto. Nick è un adulto, non è un bambino».

L'ispettore non è **convinto** della versione di Isaac. Poi chiede,

«A che ora è arrivato in pizzeria?».

«Non lo so di preciso ispettore. Circa le venti».

«Verificheremo con **il personale** della pizzeria. Vedremo se confermeranno la sua versione. Per ora può andare. Ma non lasci l'albergo. E, ovviamente, non può ritornare in Inghilterra domani».

convinto: convinced

il personale: the staff

74

La conferenza stampa

31 dicembre alle 18:30

Ci sono molti giornalisti che aspettano di fronte all'ingresso del Parco delle Mura. Aspettano con le loro macchine fotografiche in mano. C'è un microfono **collegato** a un **altoparlante** e degli agenti della polizia si trovano tutti intorno. I giornalisti sono qui da più di un'ora, ma non importa. Vogliono riportare al pubblico qualsiasi informazione sull'omicidio del parco. Altre persone curiose si avvicinano per vedere cosa sta succedendo.

All'improvviso arriva una macchina. Questa macchina parcheggia a pochi metri dalla **folla**. Si apre **la portiera** della macchina ed esce l'ispettore Feltrino con una **cartella**

collegato: connected

un altoparlante: speaker

la folla: crowd

la portiera: the car door

la cartella: file

in mano. L'ispettore si avvicina alla folla e dice,

«Permesso!».

Finalmente riesce ad arrivare di fronte al microfono. Lo avvicina alla sua bocca e poi comincia.

«Sono l'Ispettore Feltrino e sono il capo dell'**indagine** sull'omicidio del Signor Nick Conley. Nick Conley era inglese. Era uno studente universitario di vent'anni. È arrivato a Verona ieri pomeriggio per visitare la città con altre due persone, anche loro di nazionalità inglese. In questo momento stiamo interrogando queste due persone. Nick Conley **è stato trovato morto** a pochi metri dall'ingresso di questo parco. Non sappiamo il **movente** di quest'omicidio. C'è un **sospettato,** ma abbiamo bisogno di prove. Vogliamo fare un **appello** al pubblico».

L'ispettore fa una pausa e non dice niente per qualche secondo. Poi, fissa la telecamera di fronte a lui e dice,

l'**indagine**: investigation

è stato trovato morto: he was found dead

il **movente**: the reason

un sospettato: a suspect

un appello: an appeal

76

«Abbiamo bisogno del vostro aiuto. **Purtoppo,** in questo parco non c'è **video sorveglianza**. Alle persone che vivono in questa zona che hanno delle telecamere di video sorveglianza di fronte alle loro case, chiedo, per favore di contattare la polizia sul numero scritto qui sotto. Alle persone che **sono passate** da questa parte della città, **contattateci** . Se avete sentito qualcosa, contattateci. Se avete visto qualcuno che **si comportava** in un modo strano, contattateci. Abbiamo bisogno di **prove**. Contiamo sul vostro aiuto. Grazie per la vostra cooperazione. Buona serata».

«Ispettore, chi è il sospettato?», grida un giornalista dalla folla. Ma l'ispettore lo ignora, e **se ne va**.

purtroppo: unfortunately

video sorveglianza: CCTV

sono passate: they passed

contattateci: contact us (v. contattare + ci, imperativo)

si comportava: was behaving (v. comportarsi)

prove: evidence

se ne va: goes away (v. andarsene)

77

Sergio Pinto

2 gennaio alle 09:30

«Buon anno, ispettore!», dice l'agente Caruso mentre appoggia il suo zainetto sulla sua scrivania e si dirige alla macchinetta del caffè.

«Buon anno a te, Caruso», risponde l'ispettore Feltrino, ma **non toglie lo sguardo** dal documento di fronte a lui. L'ispettore è in questura dalle cinque della mattina. Non riusciva a dormire. Continuava a pensare al caso Conley.

Dopo un quarto d'ora sente qualcuno **bussare** alla porta.

«Entra pure», dice l'ispettore.

«Ispettore, il DNA sulla bottiglia della Vodka trovata nel parco risale a un certo Sergio Pinto. **È noto** alla polizia per uso di **stupefacenti**».

> **non toglie lo sguardo:** e. does not take his eyes off
>
> **bussare:** v. knock
>
> **è noto:** is known
>
> **gli stupefacenti**: drugs/narcotics

78

«Ottimo. Buon lavoro. Per favore contattatelo e **fatelo** venire in questura».

«Subito ispettore».

Qualche ora dopo...

«Signor Pinto. Grazie di essere venuto», dice l'ispettore mentre osserva il ragazzo di fronte a lui. È un ragazzo di non più di trent'anni. Ha una **felpa** grigia molto larga e dei jeans sporchi. Non guarda l'ispettore di fronte a lui. Guarda il pavimento e non dice niente. **Trema** sulla sedia.

«Allora Signor Pinto, ogni cosa che dirà oggi sarà registrata».

L'ispettore fissa Sergio Pinto, che rimane in silenzio. L'ispettore non sa se Sergio lo ascolta quando gli parla. Sembra che sia in un altro mondo.

«Allora dov'era la notte del 30 gennaio 2022?».

«In giro», dice Sergio Pinto.

fatelo: make him (v. fare + lo)

la felpa: hoodie

trema: he trembles (v. tremare)

«In giro dove?».

«Camminando per le strade di Verona».

«Era con qualcuno?».

«No, ero da solo».

«È andato al parco delle Mura?».

«No».

«Sa dov'è questo parco?».

«Sì».

«È andato vicino a questo parco o dentro il parco la notte del 30 gennaio?».

«No».

«Ha mai visto quest'uomo?», chiede l'ispettore mentre gli mostra una foto di Nick Conley. Sergio Pinto, guarda la foto per meno di un secondo, e dice,

«No».

«Allora, Signor Pinto, le conviene cooperare. Il suo DNA è stato trovato su una bottiglia di Vodka vicino alla **scena del delitto**. Come lo spiega?».

«Sono stato a quel parco varie volte: non la notte del 30»

la scena del delitto: crime scene

80

L'ispettore non dice niente. Pensa e si tocca il mento. Lo fa sempre quando ha molti pensieri per la testa.

«Ha qualcos'altro da dire? Questa è la sua opportunità di parlare».

«Non ho niente da dire».

L'ispettore non può fare niente. **Deve lasciarlo andare**.

deve lasciarlo andare: he must let him go

Chi è l'assassino?

3 gennaio alle 11:30

«Ispettore Feltrino, buongiorno. Sono l'ispettore Rizzo. Mi hanno mandato qui dalla questura di Milano. Vogliono che la **assista** sul caso Nick Conley».

«Ispettore si sieda. La stavo aspettando. Sono Giuseppe Feltrino. Mi chiami Giuseppe. **Ci diamo del tu?**».

«Certo Giuseppe. Sono Luca. Luca Rizzo. Piacere», risponde Luca mentre dà la mano all'altro ispettore. I due **si stringono le mani**. Poi si siedono.

«Allora, dimmi. Come va l'indagine?».

«Non c'è molto da dire al momento, purtroppo. Non ci sono prove sufficienti per arrestare qualcuno».

«Ci sono sospettati?», chiede Luca Rizzo.

assista: I will assist (v. assistere)

ci diamo del tu?: shall we speak informally?

si stringono le mani: they shake hands

82

«Sì, ne abbiamo due. Il primo si chiama Isaac Kirkup. È un ragazzo inglese di ventun anni. È venuto qui in vacanza con la sua amica, Elena Martinelli e Nick Conley. **A quanto pare**, Nick e Isaac non andavano molto d'accordo. Infatti, hanno litigato varie volte quel giorno. Nick e Isaac entrambi volevano la stessa ragazza, Elena Martinelli».

«Un triangolo d'amore. Classico. Il movente? La gelosia».

«Infatti. Il Signor Kirkup **ha dichiarato** di provare gelosia per qualsiasi uomo che si avvicina ad Elena: **un sentimento di possesso** verso la ragazza».

«Potrebbe essere una gelosia abbastanza forte da uccidere un uomo?», chiede Luca.

«Questo ancora non lo sappiamo. Di sicuro Isaac ha un movente. Poi, è stata l'ultima persona che ha visto il signor Conley da vivo. Il signor Kirkup dice che l'ultima volta che ha visto Nick Conley erano per strada. Si sono separati.

a quanto pare: apparently

ha dichiarato: he declared (v. dichiarare)

un sentimento di possesso: a possessive feeling

Isaac è andato alla pizzeria Don Angelo e Nick è andato al negozio di alimentari».

«Isaac Kirkup ha un alibi?».

«Abbiamo parlato con il personale della pizzeria. Confermano che erano molto **indaffarati** quella notte e che tutti gli ordini erano in ritardo. Isaac dice che ha aspettato in pizzeria per oltre venti minuti. Ma non siamo certi di questo. La pizzeria non ha alcun sistema di video sorveglianza e quindi non possiamo verificare. Il personale non si ricorda se Isaac sia rimasto al ristorante».

«Pensi che Isaac sia andato in pizzeria? Gli hanno detto che le pizze non erano pronte? Allore lui è uscito ed è andato al parco ad **ammazzare** Nick? Poi, senza sangue sui suoi vestiti, è ritornato in pizzeria per **raccogliere** le pizze. Tutto questo in venti minuti? Mi sembra molto strano Ispettore», dice Luca Rizzo.

«Chi è l'altro sospettato?», continua Luca.

indaffarati: busy agg. pl.

ammazzare: to kill

raccogliere: collect

«Un giovane uomo **tossicodipendente**. Abbiamo trovato il suo DNA su una bottiglia di Vodka nel parco. Lui dichiara che non è andato al parco la notte del 30 dicembre. Dice che è andato in giro per Verona, da solo. Non ha nessun alibi».

«Interessante. Nick è andato a comprare il vino prima che è stato ucciso?».

«Sì. C'erano le bottiglie accanto al suo cadavere. Abbiamo parlato con il **proprietario** di quel negozio e ci ha detto che ha visto Nick per qualche minuto alla cassa mentre pagava il vino. Ha detto che Nick era da solo»

«Dunque è vero che Nick e Isaac si sono separati».

«Sì, almeno per un po'. Ma non sappiamo cosa è successo dopo. La mia teoria è che Nick ha comprato il vino, poi voleva ritornare all'albergo. C'erano due strade che poteva fare. Una lunga, attraversando la via principale; e una corta, attraversando il parco. Quello che Nick non sapeva è che il parco può essere pericoloso quando fa buio. Le persone che

tossicodipendente: drug addict agg. m. sing.

il proprietario: owner

85

vivono lì vicino me l'hanno confermato».

All'improvviso l'agente Caruso entra in ufficio.

«Ispettore Feltrino! Abbiamo un **conducente** di autobus che le vuole parlare al telefono. Dice che è urgente! Ha dell'informazione riguardo al caso Conley».

«Un conducentedi autobus? Che vorrà? Me lo passi, per piacere, Caruso».

Il telefono squilla in ufficio. L'ispettore Feltrino lo prende e lo mette al suo orecchio.

«Pronto ispettore Feltrino», dice con una voce dura.

«Pronto ispettore. Sono Angelo Pistacchi e sono un conducente di autobus. Quella sera passavo di fronte al parco con il mio autobus numero 117 in direzione Stazione Porta Nuova. L'autobus ha una telecamera **attaccata** al **parabrezza**. Tutti gli autobus ce l'hanno, per sicurezza. La telecamera **ha ripreso** qualcosa di molto interessante. Deve assolutamente vedere il video!».

il **conducente**: driver

attaccata al parabrezza: attached to the windscreen

ha ripreso: picked up

In camera 406

3 gennaio alle 20:30

Elena è seduta su una sedia in balcone. È chiusa in camera dell'albergo da quattro giorni. Elena fuma una sigaretta. Ha già fumato un pacchetto di sigarette oggi. Si sente molto nervosa e le sigarette la calmano un po'. Isaac è dentro alla loro camera, **sdraiato** sul letto. Elena non gli parla molto. Isaac è arrabbiato con lei. Secondo lui, Elena ha detto delle cose alla polizia che non doveva dire. E adesso Elena deve stare in questa camera con lui e non sa per quanto tempo.

All'improvviso sente una macchina arrivare. Elena guarda giù verso la strada. Vede la macchina della polizia parcheggiata di fronte all'albergo. Ma è appena arrivata un'altra macchina, una macchina nera. Dalla **portiera**

sdraiato: lying down

la portiera posteriore: the back car door

87

posteriore della macchina esce una donna alta e magra, vestita in nero. Porta anche gli occhiali da sole neri. Questa donna cammina con la testa **abbassata** e va verso la porta d'ingresso dell'albergo.

Elena entra in stanza e va subito in bagno. Si lava velocemente la faccia. Poi si asciuga con un **asciugamano** che era appeso accanto al **lavandino**. Guarda lo **specchio** di fronte a lei e vede una faccia che non riconosce. Gli occhi di Elena sono **gonfi** e rossi. Anche la sua faccia sembra gonfia. Si guarda e pensa, 'sembro un'altra persona'.

All'improvviso sente qualcuno che bussa alla porta della camera. Elena esce dal bagno e corre verso la porta. La apre, e rimane in silenzio per qualche minuto. Le due donne si guardano senza dire niente. Entrambe sono molto tristi. Elena scoppia in lacrime e dice,

«Signora Conley!!! Mi dispiace tanto. È tutta colpa mia!

abbassata: looking down agg. f. sing.

l'asciugamano: towel

il lavandino: sink

lo specchio: mirror

gonfi: puffy/swollen (agg. m. pl.)

Ho portato io suo figlio a Verona!».

La Signora dà un forte abbraccio a Elena. L'abbraccio sembra non finire mai. Dopo qualche minuto, la Signora Conley entra nella camera. Rimane sorpresa di vedere Isaac in pigiama, seduto sul letto. Si guarda intorno e finalmente dice,

«Questa è la stanza dove mio figlio ha passato le ultime ore della sua vita?».

Nessuno risponde a questa domanda. Poi la Signora Conley continua,

«Sono stata in questura stamattina. Ho parlato con i due ispettori che stanno indagando l'omicidio. Poi sono andata a vedere mio figlio. Gli hanno fatto l'**autopsia**. Dicono che è stato colpito alla testa. Poi **è stato pugnalato** molto volte con un **coltello** piccolo. Gli ha penetrato l'intestino e i **polmoni**», dice la Signora con gli occhi pieni di lacrime.

l'**autopsia**: autopsy

è stato pugnalato: he has been stabbed

un coltello: knife

i polmoni: lungs

«Sì, lo sappiamo», dice Elena. Poi continua,

«**Avremmo dovuto proteggerlo**! È tutta colpa mia! Noi siamo passati da quel parco per tagliare la strada e arrivare prima in albergo. **L'avevo suggerito io**! Ma quando siamo passati noi non sembrava pericoloso».

«Sì ma non era ancora buio», dice Isaac. Poi continua,

«Nel buio i parchi fanno paura».

All'improvviso alla tivù c'è il **telegiornale** con un sottotitolo, **IN DIRETTA**. IL CASO CONLEY. C'è una giornalista con un microfono in mano che parla. Sembra di essere di fronte a una casa. Ci sono molte macchine della polizia dietro a lei e tante luci riflessi sulla casa.

«Isaac **alza il volume**! Subito!», grida Elena.

Sentono la giornalista dire,

«... sul caso dell'omicidio Conley, la polizia **ha ottenuto**

avremmo dovuto proteggerlo: we should have protected him

l'avevo suggerito io: i had suggested it

il telegiornale: the TV news

in diretta: live

alza il volume: raise the volume

ha ottenuto: obtained (v. ottenere)

90

un mandato per **perquisire** la casa dietro di me in questo momento. Sembra che la polizia stia cercando delle prove per fare un arresto. Hanno sicuramente trovato un **indizio** che ha collegato l'omicidio di Nick Conley a questa casa. Non sappiamo ancora chi è il sospettato. La polizia non ha fatto nessuna dichiarazione. Sappiamo solo che in questa casa abita una famiglia di cinque persone. Per ora è tutto, Maria. **Vi aggiorneremo** appena avremo altre notizie».

La Signora Conley rimane a bocca aperta.

«Perché non ci hanno detto niente di questo?».

Elena prende subito il telefono e fa il numero dell'ispettore Feltrino.

un mandato: a warrant

perquisire: search

un indizio: a clue

vi aggiorneremo: we will update you (v. aggiornare)

La mamma

3 gennaio alle 22:30

«Ispettore Feltrino, la signorina Elena Martinelli continua a chiamare e chiedere di parlarle. Dice di essere con la mamma di Nick Conley. Dice che hanno il **diritto** di sapere cosa sta succedendo»

«Caruso! Non hanno il diritto di sapere niente, finché non avremo una prova concreta. **Dille** che la chiameremo più tardi», dice l'ispettore Feltrino.

Nel frattempo, l'ispettore continua a guardare il video che gli aveva mandato il Signor Pistacchi, il conducente dell'autobus. Ingrandisce l'immagine e continua a guardare, con attenzione. Il video dura trenta secondi, ma sono sufficienti per dargli un indizio importante. Nel video si vede chiaramente Nick Conley che cammina di fronte al

il diritto: the right
dille: tell her

92

parco, si ferma per un secondo. Poi, cambia direzione ed entra nel parco. A meno di tre metri dietro a Nick Conley, c'è un uomo che cammina. Ha un paio di jeans, una felpa e un **giubbotto**. Ha le mani nelle tasche mentre entra nel parco. Sembra che stia seguendo Nick. Prima di andare nella direzione del parco, ha la faccia che guarda verso la telecamera di sorveglianza dell'autobus. Non ci sono **dubbi**. È proprio Sergio Pinto. L'uomo che **aveva negato** di essere andato al parco quella sera. Aveva detto una **bugia** e l'ispettore sa perché.

Improvvisamente, entra l'ispettore Rizzo con una donna. La donna ha la testa abbassata. Sembra molto triste con gli occhi rossi e lucidi. L'ispettore Feltrino sembra sorpreso.

«Ispettore, lei è la Signora Pinto», dice l'ispettore Rizzo.

«Sì, so chi è. Sono appena stato alla sua casa. La stiamo perquisendo in questo momento».

un giubbotto: jacket
seguendo: following
dubbi: doubts
aveva negato: had denied (v. negare)
una bugia: lie

«Dice che deve fare una dichiarazione».

«La prego. **Si accomodi**», dice l'ispettore Feltrino. L'ispettore Rizzo si mette seduto accanto a lui. Entrambi sono di fronte alla donna, che sembra **affranta dal dolore**.

«Ci dica, Signora Pinto».

«Mio figlio ha ucciso quell'uomo. Me l'ha detto lui. Quella notte del 30 dicembre è ritornato a casa verso le undici. Non stava bene. **Si era drogato**. Aveva anche il giubbotto con delle **gocce** di sangue. Mio figlio non sta bene. Ha bisogno di aiuto!», grida la signora disperata.

«Perché non è venuta subito in questura a darci quest'informazione?», le chiede l'ispettore Feltrino.

«Lui non mi ha detto niente all'inizio. Quando è arrivato a casa, io stavo dormendo. Sergio **si era tolto** il giubbotto e l'ha messo nella **lavatrice**. Poi ha cominciato ad urlare. A

si accomodi: have a seat

affranta dal dolore: heartbroked with pain

si era drogato: he had drugs (v. drogarsi)

le gocce: drops

si era tolto: he had removed (v. togliersi)

la lavatrice: washing machine

quel punto mi sono alzata e sono andata a calmarlo. Era euforico. Io non sapevo cosa fosse successo. Mi ha detto che **aveva fatto a pugni** con qualcuno».

«E poi le ha detto che aveva ucciso un uomo?», chiede l'ispettore Rizzo.

«Poi ho visto alla TV che c'era stato un omicidio. Non ho mai pensato che mio figlio **fosse** un assassino! **Non mi è mai passato per la testa.** Lui ha molti problemi. Si droga e fa delle cose **pazzesche**. Ma un assassino? **Non lo avrei mai pensato!**».

«Poi cosa è successo?», continua a chiedere l'ispettore.

«Poi due giorni dopo, sono andata a fare il **bucato**. Ho aperto la lavatrice e **ho scoperto** il giubbotto con il sangue. Ce l'ho qui nella mia borsa. L'ho portato come prova»

> aveva fatto a pugni: had fought
> fosse: was
> non mi è mai passato per la testa: it had never crossed my mind
> pazzesche: crazy
> non lo avrei mai pensato: I would have never thought
> il bucato: laundry
> ho scoperto: I discovered (v. scoprire)

La Signora Pinto tira fuori un giubbotto verde. È lo stesso giubbotto che si vede nel video dell'autobus. Gli ispettori lo riconoscono. Ci sono delle gocce di sangue.

«Caruso! Vieni. Mettiti i **guanti** e porta subito questo giubbotto al laboratorio».

L'agente Caruso fa come gli dice il suo capo.

«Ci dispiace tanto Signora, ma a questo punto abbiamo prove sufficienti per arrestare suo figlio» dice l'ispettore Feltrino.

La Signora Pinto scoppia in lacrime. Poi con le ultime forze rimaste dice,

«Meglio in prigione che in una **bara** in un **cimitero**!».

i guanti: gloves

una bara: coffin

un cimitero: cemetery

L'altra mamma

5 gennaio alle 09:30

«Signora Conley, la ringrazio di essere venuta. Abbiamo delle notizie», dice l'ispettore Rizzo.

«Lo so. Avete arrestato un uomo. Ho visto al telegiornale».

«Sì Signora. Abbiamo prove sufficienti per **incriminarlo**. In questo momento è in prigione», continua l'ispettore Rizzo.

«Non abbiamo dubbi. È stato lui ad uccidere suo figlio», dice l'ispettore Feltrino.

«Chi è? Perché ha ucciso mio figlio?».

«Allora Signora, le facciamo vedere un video».

L'ispettore Rizzo apre il suo laptop. Sullo schermo c'è un video in bianco e nero. La Signora Conley guarda

incriminarlo: charge him (v. incriminare)

attentamente. Vede suo figlio passare davanti al parco, e scoppia in lacrime. Mette le mani sulla faccia, disperata. Ha appena visto gli ultimi momenti di vita di suo figlio.

«Non ce la faccio a continuare. Ispettore, non voglio vedere!», dice la **povera** donna che si dispera.

L'ispettore Rizzo chiude il laptop. Poi dice,

«Nel video si vede un uomo, Sergio Pinto che segue suo figlio. Sergio Pinto era noto alla polizia perché si drogava. **Aveva** anche **commesso** vari **furti** nel passato. Tutti collegati al suo vizio della droga. Abbiamo prove sufficienti contro di lui».

«Abbiamo anche trovato il suo DNA su una bottiglia di Vodka. Abbiamo trovato questa bottiglia a pochi metri dal cadavere. Abbiamo anche un giubbotto di Sergio Pinto, con alcune macchie di sangue di suo figlio. Abbiamo **pure** una **testimone**, sua madre», continua l'ispettore Feltrino.

povera: poor

aveva commesso: had committed (v. commettere trapassato prossimo)

furti: thefts

pure: even

un testimono: a witness

La mamma di Nick continua a piangere. Poi urla,

«Ma perché? Mio figlio era così buono! Era così gentile con tutti! Non ha mai fatto del male a nessuno! Gli dovevo pure preparare le lasagne quando ritornava a casa! Mi ha lasciato un **bigliettino** prima di partire!!! Perché?».

«Per soldi. Sergio Pinto **gli ha rubato** il portafoglio. C'erano trecento euro **in contanti**. Gli ha anche preso l'orologio del marchio Michael Kors. Aveva bisogno di soldi per comprare la droga».

La mamma di Nick tiene in mano il foglio di carta che le aveva scritto suo figlio prima di partire. Lo legge in silenzio;

Mamma, ci vediamo presto! Ritornerò lunedì nel pomeriggio verso le 13:00! Ti voglio tanto bene! Tanti baci!

P.S. Non dimenticare di prepararmi le lasagne al mio ritorno!

Sente il suo cuore scoppiare in mille pezzi. Suo figlio non c'è più.

un **bigliettino**: a little note

gli ha rubato: robbed him

in contanti: cash

Glossary

A

a me non dispiace: e. I don't mind

a quanto pare: apparently

a torso nudo: bare-chested

abbassa lo sguardo: looks down (e. abbassare lo sguardo)

abbassata: looking down agg. f. sing.

acccidenti: damn it!

accidenti! Damn!

accorciamo la strada: let's reduce the distance

afferra: he grabs (v. afferrare)

affranta dal dolore: heartbroked with pain

all'improvviso: suddenly

allegro: joyful

altrove: somewhere else

alza il volume: raise the volume

ammazzare: to kill

andare nel panico: e. to panic

annuiscono: they nod (v. annuire)

ansia: anxiety

anzi: rather / do you know what?

appena in tempo: just in time

appoggia: he lays (v. appoggiare)

arrossisce: she blushes (v. arrossire)

assista: I will assist (v. assistere)

attaccata al parabrezza: attached to the windscreen

aveva negato: had denied (v. negare)

aveva commesso: had committed (v. commettere trapassato prossimo)

aveva fatto a pugni: had fought

avrà sentito: would have heard

avrei dovuto uccidere: I would have killed (v. dover uccidere)

avremmo dovuto proteggerlo: we should have protected him

avvertire: inform (v. avvertire)

B

bagaliaio: the car boot / the trunk

balbettare: stammer

birra alla spina: draught beer

bisogna: one needs to

britanici: British

buon umore: good mood

bussare: v. knock

C

calmati: calm down (v. calmarsi imperativo)

che c'entra mio padre?: what does my dad have to do with it?

ci diamo del tu?: shall we speak informally?

ci penserò: I will think about it

ci pensiamo noi: e. we'll take care of it

collegato: connected

come no: of course

come si permette?: how dare you?

complare: fill in

comportamento: behavior

comunque: however

condividere: to share

consegnarcele: deliver them to us (v. consegnare le pizze a noi)

contattateci: contact us (v. contattare + ci, imperativo)

controllo: I check/I will check (v. controllare)

convinto: convinced

cortese: polite

costano una fortuna: e. they cost a fortune

D
da qualche parte: somewhere

daranno la brutta notizia: they will give the bad news

decisivo: crucial

denunciare: report

deve lasciarlo andare: he must let him go

di nuovo: again

dille: tell her

dipinto: painted (agg. m.)

disperata: desperate

disprezzo: contempt

distributore automatico: vending machine

dormigliona: sleepy head

dormigliona: sleepy head

dovrebbe essere: should be

drammatico: dramatic

dubbi: doubts

dunque: therefore/so

E

è noto: is known

è stato pugnalato: he has been stabbed

è stato trovato morto: he was found dead

è successo qualcosa?: did something happen?

è tutta colpa mia: it's all my fault

essere nei guai: e. to be in trouble

F

fa fatica: struggles (e. fare fatica)

facciamo così: let's do that

fammi sapere: let me know

farina: flour

fatelo: make him (v. fare + lo)

fazzoletto di carta: tissue

finora: until now

forzato: forced

fosse: was

furti: thefts

G

gestire: to control / manage

giocoso: agg. m. playful

giudicare: v. judge

giusto: right

gli è successo qualcosa: something happened to him (v. succedere + a lui + gli)

gli edifici: the buildings

gli ha rubato: robbed him

gli ho suggerito: I suggested to him (v. suggerire + a lui = gli)

gli stupefacenti: drugs/narcotics

gonfi: puffy/swollen (agg. m. pl.)

H

ha dichiarato: he declared (v. dichiarare)

ha ottenuto: obtained (v. ottenere)

ha ragione: she's right (e. avere ragione)

ha ripreso: picked up

ha ucciso lei: Did you kill (e. uccidere)

hanno litigato: they argued

ho già prenotato: I already booked

ho menzionato: I mentioned (v. menzionare)

ho scoperto: I discovered (v. scoprire)

I

i cartoni: pizza boxes

i cespugli: shrubs

i film gialli: thriller movies/films

i guanti: gloves

i nemici: enemies

i pettorali scolpiti: defined pecs

i pini: pine trees

i polmoni: lungs

i semafori: traffic lights

ignora: he ignores (v. ignorare)

il bucato: laundry

il cadavere: corpse

il cancello: gate

il citofono: intercom

il comò: bedside table

il conducente: driver

il diritto: the right

il distintivo della polizia: police badge

il finestrino: window

il grembiule: the apron

il lavandino: sink

il marciapiede: the pavement/sidewalk

il mento: chin

il movente: the reason / the motive

il nastro: tape

il parabrezza: the windscreen

il percorso: route

il personale: the staff

il piano: the plan

il piumino: winter jacket

il proprietario: owner

il sangue: blood

il segnale stradale: street sign

il telegiornale: the TV news

il tramonto: sunset

impedire: v. to prevent

improvvisamente: suddenly

in contanti: cash

in diretta: live

in fondo: at the bottom

incriminarlo: charge him (v. incriminare)

indaffarati: busy agg. pl.

indietro: behind

ingegneria meccanica: mechanical enginering

ingrandisce: enlarges (v. ingrandire)

innanzitutto: Firstly

interrompe: she interrupts (v. interrompere)

L

l'accendino: lighter

l'ansietà: anxiety

l'asciugamano: towel

l'autopsia: autopsy

l'aveva portata: had brought her (v. portare trapassato prossimo)

l'avevo suggerito io: i had suggested it

l'indagine: investigation

l'interrogatorio: interrogation

la bancarella: the stall

la cartella: file

la dichiarazione: statement

la felpa: hoodie

la folla: crowd

la guancia: cheek

la lascerà: he will leave her

la lavatrice: washing machine

la parete: the wall

la portiera: the car door

la portiera posteriore: the back car door

la prenotazione: the reservation

la scena del delitto: crime scene

la scomparsa: n. f. the disappearance

la squadra forense: forensic team

la sveglia: the alarm

la tasca: pocket

la tensione: tension

la vita: waist

le castagne: chestnuts

le conviene: you'd better

le fa tenerezza: she feels sympathy for him

le fa venire la nausea: makes her feel nauseous

le ferite: wounds

le gocce: drops

le panchine: benches

le posso chiedere: may I ask you

le sopracciglia: eyebrows

le strisce pedonali: the zebra crossing

letto matrimoniale: double bed

liberarmi di lui: get rid of him (e. liberarsi di)

lo specchio: mirror

lo sportello posteriore: the back car door

lo sportello: counter

M
mantenersi in forma: to keep in shape

mandargli: send him (v. mandare + gli = a lui)

me l'hanno confermato: they confirmed it to me (v. confermare)

me lo sento: I feel it

mentalmente: mentally

mezzo sorriso: half a smile

mi piacerebbe: I would like

mi sono resa conto: I realised (e. rendersi conto)

mi laureo: I'm graduating (v. laurearsi)

miliardario: billionaire

mostra: shows (v. mostrare)

N

ne vale la pena: it's worth it

nel caso che ritornasse: in case he would return

nel frattempo: meanwhile

non ce la fa più: she cannot take it anymore

non ce la faccio: I cannot do it

non dovrebbe essere stato ucciso: he shouldn't have been killed

non è da lui: it's out of character for him

non importa: it doesn't matter

non lo avrei mai pensato: I would have never thought

non lo sopporto: I cannot stand him/it

non mi è mai passato per la testa: it had never crossed my mind

non posso permettermelo: I cannot afford it (v. permetterselo)

non può crederci: he cannot believe it

non scorre buon sangue: e. they don't like eachother

non si aspettava: she wasn't expecting

non si sente a suo agio: he doesn't feel comfortable

non si sopportano tanto: they can't stand eachother much

non toglie lo sguardo: e. does not take his eyes off

O

omicidio: murder

ordina: orders (v. ordinare)

orecchio: ear

ottima: great (agg. f)

P

pallida: pale. (agg. f.)

parcheggiati: parked (agg. m. pl.)

pazzesche: crazy

pensieri: thoughts

per forza: for sure

per terra: on the ground

percorre: he walks across (v. percorrere)

perde l'equilibrio: she loses balance

perquisire: search

piangendo: crying

piomba: rushes in (v. piombare)

poltrona: armchair

postano: they post (v. postare)

postano: they post (v. postare)

povera: poor

preme: presses (v. premere)

premere: press

prendine due: get two of them (v. prendere + ne)

prepariamoci: let's get prepared (v. prepararsi)

proprio qui: right here

prova dei sentimenti: has feelings (e. provare dei sentimenti)

prove: evidence

pulsante: button

può aver ucciso: could have killed

pure: even

purtroppo: unfortunately

purtroppo: unfortunately

Q
questura: police station

R

raccogliere: collect

rapporti: relationships

riconosce: she recognizes (v. riconoscere)

riesce: he/she manages to

rimane a bocca aperta: e. remains with an open mouth / surprised

roba da matti: e. crazy stuff

rompe il ghiaccio: breaks the ice

rompere il silenzio: e. break the silence

S

sala interrogatoria: interrogation room

salgono: they go up (v. salire)

santo cielo!: good heavens!

sarà registrata: it will be recorded

sarebbe stato: it would have been (v. essere condizionale composto)

sarebbe: it would be (v. essere al condizionale)

sbaglio: mistake

sbatte: she stomps (v. sbattere)

sbattendo: slamming (v. sbattere gerundio)

scappare: to escape

scegli tu: you choose

scema: silly

scomparso: disappeared

sconosciuta: unknown

scoppia in lacrime: e. she bursts into tears

sdraiati: lay down (v. sdraiarsi)

se la mette: he puts it on (v. mettersi la giacca)

se ne va: goes away (v. andarsene)

se non dovrò aspettare: If I will not have to wait (v. dover aspettare)

seccato: annoyed

sediamoci: let's sit down (v. sedersi imperativo)

seguendo: following

senti ma…: listen…

senza successo: unsuccessful

separiamoci: let's separate (v. separarsi)

sfondo: background

si accomodi: have a seat

si accorge: he realizes/he notices (v. accorgersi)

si asciuga: dries (v. asciugarsi)

si avvicina: approaches (v. avvicinarsi)

si comportava: was behaving (v. comportarsi)

si dirige: he heads towards (v. dirigersi)

si è incuriosito: he got curious (v. incuriosirsi)

si era drogato: he had drugs (v. drogarsi)

si era tolto: he had removed (v. togliersi)

si ferma: he stops (v. fermarsi))

si guarda intorno: looks around (v. guardarsi intorno)

si innervosisce: he gets annoyed (v. innervosirsi)

si lamenta: he complains (v. lamentarsi)

si mette seduto: he sits down

si sono trasferiti: they moved (v. trasferirsi)

si sta facendo tardi: it's getting late

si sta riprendendo: she's recovering (reprendersi)

si stringono le mani: they shake hands

si volta: he turns around (v. voltarsi)

sicurezza: security

sinceramente: honestly

solleva: he lifts (v. sollevare)

sono passate: they passed

soprattutto: above all

sorseggia: he sips (v. sorseggiare)

sorvegliano: watch over (v. sorvegliare)

sospettosa: suspicious

sotto schock: shocked

spente: agg. f. pl. switched off

sta per vomitare: she is about to vomit

sta scherzando: he is joking (v. scherzare)

steso: lying down

straniero: foreign

superare gli esami: to pass the exams

svenire: to faint

T

tira fuori: takes out (e. tirare fuori)

tossicodipendente: drug addict agg. m. sing.

tranquillamente: calmly

trascina: he drags (v. trascinare)

trema: he trembles (v. tremare)

tremante: trembling

trancio di pizza: slice of pizza

U

uguale: equal/the same

ultimamente: lately

un abbraccio: hug

un altoparlante: speaker

un appello: an appeal

un bicchierino: a small cup

un bigliettino: a little note

un calo di: a drop of

un calore che gli sale in testa: a rush of blood that goes up to his head

un cestino dell'immondizia: a rubbish bin

un cimitero: cemetery

un coltello: knife

un fallito: a failure

un gesto: a gesture

un giubbotto: jacket

un indizio: a clue

un mandato: a warrant

un negozio di alimentari: food store

un oggetto tagliente: sharp object

un passo affrettato: a hasty pace

un portafoglio: a wallet

un sacchetto: bag

un sentiero: path

un sentimento di possesso: a possessive feeling

un sospettato: a suspect

un sospiro: sigh

un testimono: a witness

un'amante: f. a lover (m. un amante)

una bara: coffin

una bugia: lie

una busta: envelope

una cravatta: tie

una fame da lupo: e. as hungry as a wolf / very hungry

una fossa dei serpenti: a snake pit

una lacrima: a tear

una punizione: a punishment

una salumeria: deli shop

una spiegazione: n.f. an explanation

una tabaccheria: tobacco shop

una vibrazione: vibration

uno alla volta: one at a time

urla: she shouts (v. urlare)

V

valigetta: small suitcase

vecchietto: old man

vi aggiorneremo: we will update you (v. aggiornare)

video sorveglianza: CCTV

visto che: since/considering that

volentieri: gladly

Notes

Domande

Andiamo in Vacanza

1. Quale risposta è corretta?
   a) A Isaac piacciono molto le foto su Instagram
   b) Isaac non deve andare a fare la spesa
   c) Isaac non vuole andare in vacanza
   d) Isaac deve andare a fare la spesa

2. Martina telefona a Isaac e gli dice _____
   a) che non vuole andare in vacanza
   b) che vuole uscire con Isaac
   c) che non ha bisogno di un caffè
   d) che ha prenotato i biglietti per un viaggio

3. Sottolinea la risposta giusta:
   a) A Isaac non piace Elena
   b) A Elena piace Isaac
   c) Elena non vuole rimanere single
   d) A Isaac piace Elena

Chi è Nick Conley?

4. Nick dice una parolaccia perché _____
    a) non gli piace la sua vita
    b) non vuole andare in vacanza
    c) non vuole alzarsi
    d) vuole alzarsi

5. Come si sente Nick?
    a) È felice di passare del tempo con Elena
    b) Non capisce perché verrà anche Isaac
    c) Gli piace Elena
    d) Tutte e tre le risposte

6. Prima di uscire Nick lascia _____
    a) il caffè per sua madre
    b) una nota per il tassista
    c) una nota per sua madre
    d) un foglio di carta per Elena

All'aeroporto di Stansted

7. Cosa ha Isaac nelle mani mentre cammina?
    a) Una grande valigia
    b) Due valigie a mano
    c) Solo un caffé
    d) Un caffè e una valigia a mano

8. Elena manda un messaggio che dice _____
    a) che sarà in ritardo
    b) che non arriverà in tempo per il volo

c) che ha trovato molto traffico

d) tutte e tre le risposte

9. Isaac e Nick sono _____
   a) molto amici
   b) in ritardo per il volo
   c) in imbarazzo
   d) felici di passare del tempo insieme

Verona: primo impatto

10. Elena Martinelli è _____
    a) una ragazza bionda
    b) ha gli occhi marroni ed è molto bella
    c) ha diciotto anni
    d) studia all'università di Surrey

11. I genitori di Elena _____
    a) sono inglesi
    b) si sono trasferiti in Italia
    c) si sono trasferiti in Inghilterra
    d) stanno ancora insieme

12. Perché si lamenta Nick?
    a) Non vuole stare con Isaac ed Elena
    b) Non si sente bene
    c) Non vuole andare in albergo
    d) Non gli piace la zona dell'albergo

In albergo

13. All'albergo Stragrande _____
    a) non c'è l'ascensore
    b) colazione è alle 7
    c) la reception è aperta per 24 ore
    d) tutte e tre le risposte

14. Cosa chiede Nick alla receptionist?
    a) Come si va al centro
    b) Quali sono i monumenti principali di Verona
    c) Informazione su ristoranti buoni
    d) Informazione su Verona

15. Perché Nick e Isaac non sono d'accordo?
    a) Nick vuole uscire e Isaac non vuole
    b) Isaac vuole dormire con Elena
    c) Elena vuole dormire con Isaac
    d) Tutte e tre le risposte

Pizzeria Don Angelo

16. Pizzeria Don Angelo:
    a) è molto popolare
    b) ha del cibo delizioso
    c) Julia Roberts è stata alla stessa pizzeria a Napoli
    d) tutte e tre le risposte

17. Quale risposta è corretta?
    a) Nick e Elena mangiano due pizze
    b) Nick prende una pizza intera

c) Isaac condivide una Bufala con Elena

d) Nick e Elena condividono una pizza

18. Perché Isaac dice «che scena romantica»?

a) È ironico

b) Gli piace la coppia Nick e Elena

c) Per ridere

d) Vuole vedere Nick e Elena insieme

Lo Spritz

19. I tre ragazzi camminano e _____

a) vedono moltissimi negozi aperti

b) arrivano all'arena

c) parlano tutto il tempo

d) mangiano la pizza

20. Perché a Nick non piace il bar che sceglie Isaac?

a) È vicino all'arena di Verona

b) È uno dei bar più costosi di Verona

c) Uno Spritz costa 10 euro

d) Tutte e tre le risposte

21. Cosa dice Elena a Nick per calmarlo?

a) Che pagherà lei lo Spritz di Nick

b) Che la prossima volta andranno a un bar più economico

c) Di non preoccuparsi

d) Tutte e tre le risposte

Il Parco delle Mura

22. I ragazzi vanno...
    a) prima alla piazza delle Erbe e poi all'arena
    b) prima all'arena e poi al balcone di Giulietta
    c) alla piazza delle erbe e poi al balcone di Giulietta
    d) al balcone di Giulietta e poi all'arena

23. Perché Nick non è di buon umore?
    a) Non si sente un fallito
    b) Ha fatto uno sbaglio a viaggiare con Isaac
    c) È molto stanco
    d) Ha fame

24. Perché passano dal Parco Delle Mura:
    a) Perché il parco è bello
    b) Perché il cielo è bello
    c) Isaac vuole passare dal parco
    d) Per arrivare prima in albergo

Una serata tranquilla

25. Perché Isaac dice a Nick di mettersi un maglione?
    a) Perché Isaac è geloso
    b) Perché attira l'attenzione di Elena
    c) Perché Nick ha i pettorali scolpiti
    d) Tutte e tre le risposte

26. Cosa decidono di fare i ragazzi?
    a) Decidono di uscire
    b) Decidono di andare in pizzeria

c) Decidono di rimanere in albergo

d) Decidono di non comprare un take away

27. Perché chiamano la pizzeria Don Angelo?
    a) Per ordinare le pizze
    b) Per prenotare un tavolo
    c) Per parlare con il proprietario
    d) Per cercare lavoro

Separiamoci

28. Perché Nick manda un messaggio a Elena?
    a) Per chiederle se vuole bere qualcosa
    b) Per parlare con lei
    c) Per dirle che non gli piace Isaac
    d) Per dirle di condividere la pizza con lui

29. Cosa vorrebbe Elena?
    a) Un caffè
    b) Una bottiglia di vino
    c) Due bottiglie di vino
    d) Tre birre

30. Quale affermazione è corretta?
    a) Elena va a prendere le pizze
    b) Nick non vuole andare a prendere le pizze
    c) Isaac va al negozio alimentari vicino al parco
    d) Isaac va in pizzeria e Nick va al negozio alimentari

Calma!

31. Perché Elena rimane sorpresa quando vede Isaac?
    a) Isaac ha portato le pizze
    b) Nick non è tornato
    c) Isaac non ha portato il vino
    d) Isaac ha portato le pizze e il vino

32. All'inizio cosa decide di fare Elena?
    a) Di andare a cercare Nick
    b) Di chiamare subito la polizia
    c) Di andare a letto
    d) Di chiamare i genitori di Nick

33. Perché Elena si arrabbia con Isaac?
    a) Isaac dorme
    b) Isaac non risponde ai suoi messaggi
    c) Isaac parla dei film gialli
    d) Tutte e tre le risposte

La chiamata alla polizia

34. Perché Elena chiama la polizia?
    a) Per denunciare la scomparsa di Nick Conley
    b) Perché è preoccupata
    c) Perché Nick non è tornato in albergo dopo molte ore
    d) Tutte e tre le risposte

35. Cosa vuole fare Isaac?
    a) Andare in questura
    b) Restare in albergo

c) Parlare con la polizia
d) Stare con Elena

36. Perché Elena è preoccupata?
    a) Si sente male
    b) La polizia vuole parlare con lei
    c) Isaac si preoccupa tanto
    d) Tutte e tre le risposte

In Questura

37. Cosa fa Elena mentre aspetta a parlare con qualcuno?
    a) Fa un caffè
    b) Parla con alcuni agenti di polizia
    c) Va al distributore automatico
    d) Beve un caffè

38. L'ispettore Feltrino _____
    a) ha un completo da uomo blu
    b) ha una cravatta grigia
    c) è molto attraente
    d) tutte e tre le risposte

39. Cosa dice l'ispettore Feltrino a Elena?
    a) Che c'è stata una rapina
    b) Che hanno arrestato un assassino
    c) Che c'è stato un attacco terroristico
    d) Che c'è stato un omicidio

La vittima

40. Cosa vuole dare l'ispettore a Elena dopo che sviene?
    a) Un caffè con dello zucchero
    b) Un cappuccino
    c) Un biscotto
    d) Una caramella

41. Perché Elena dice, «non ce la faccio»?
    a) Ha avuto un calo di zuccheri
    b) Ha poca energia
    c) Ha la nausea
    d) Tutte e tre le risposte

42. Cosa vuole mostrare l'ispettore Feltrino a Elena?
    a) Le sue scarpe
    b) Una busta marrone
    c) Le foto della vittima
    d) Il distributore automatico

La scena del crimine

43. In quali condizioni è il corpo della vittima?
    a) È steso per terra
    b) Ha la faccia piena di sangue
    c) Ha delle ferite alla pancia
    d) Tutte e tre le risposte

44. Chi ha trovato il cadavere?
    a) Elena
    b) Una coppia

c) Isaac

d) L'agente Caruso

45. Cosa c'è accanto a un cestino dell'immondizia?

a) Un sacchetto con due bottiglie di vino

b) Una bottiglia di Vodka in un sacchetto

c) Una bottiglia di Vodka vuota

d) Una bottiglia rotta

Elena

46. Perché Elena dice, «è tutta colpa mia»?

a) È stata lei a dire a Nick e Isaac di andare in vacanza

b) Non ha comprato i biglietti aerei

c) Non le piace Verona

d) Tutte e tre le risposte

47. Quali informazioni dà Elena alla polizia?

a) Fa il nome di Isaac Kirkup

b) Dice che conosce Nick Conley

c) Dice che Isaac e Nick non vanno d'accordo

d) Tutte e tre le risposte

48. Come si sente Elena durante l'interrogatorio?

a) Emozionata

b) In uno stato di panico

c) Ha paura

d) Ha freddo

Isaac

49. Perché l'ispettore pensa che Isaac abbia ucciso Nick?
    a) Fra Isaac e Nick non scorre buon sangue
    b) Isaac era geloso di Nick
    c) Isaac era l'ultima persona che aveva visto Nick
    d) Tutte e tre le risposte

50. Perché Isaac pensa 'accidenti a Elena, mi ha messo in una fossa di serpenti'?
    a) Gli piace Elena
    b) Vuole parlare con lei
    c) A Elena piacciono i serpenti
    d) Elena ha detto che Isaac e Nick non vanno d'accordo

51. Isaac dice alla polizia che _____
    a) era molto geloso di Nick
    b) è geloso di ogni ragazzo che si avvicina a Elena
    c) non è mai stato geloso di nessuno
    d) andava d'accordo con Nick

La Conferenza Stampa

52. Dove aspettano i giornalisti?
    a) Alla stazione della polizia
    b) Di fronte al parco di Verona
    c) Lontano dalla scena del crimine
    d) Di fronte alle piazza delle erbe

53. Perché l'ispettore Feltrino fa un appello?
    a) Ha bisogno dell'aiuto del pubblico

b) Nel parco non c'è video sorveglianza

c) La polizia ha bisogno delle prove

d) Tutte e tre le risposte

54. L'ispettore _____

    a) dà informazioni sulla vittima

    b) dice che non hanno un sospettato

    c) dice che ha delle prove

    d) non dice niente di valido

Sergio Pinto

55. Quale affermazione è corretta?

    a) Sergio Pinto è noto alla polizia

    b) La polizia ha trovato il DNA di Sergio Pinto su una bottiglia

    c) Sergio Pinto fa uso di stupefacenti

    d) Tutte e tre le risposte

56. Sergio Pinto _____

    a) è un uomo di più di quarant'anni

    b) indossa una felpa nera e larga

    c) non trema

    d) non guarda l'ispettore

57. Dove dice che era Sergio Pinto la notte dell'omicidio?

    a) A casa

    b) In giro per Verona

    c) Al parco delle Mura

d) Fuori città con sua madre

Chi è l'assassino?

58. L'ispettore Rizzo _____
    a) è un ispettore alla questura di Milano
    b) è stato mandato a Verona
    c) lavorerà sul caso dell'omicidio di Nick Conley
    d) tutte e tre le risposte

59. Di che cosa parlano i due ispettori?
    a) Di Verona
    b) Di Elena Martinelli
    c) Di Isaac Kirkup
    d) Dei due sospettati

60. Il Signor Pistacchi è _____
    a) un conducente di autobus
    b) un altro ispettore
    c) un sospettato
    d) un pasticcere che fa i cornetti al pistacchio

In camera 406

61. Perché Elena e Isaac non parlano molto?
    a) Sono molto tristi
    b) Isaac non vuole parlare con la madre
    c) Isaac è arrabbiato con Elena
    d) Elena ha preso le sigarette di Isaac

62. Chi arriva in camera 406?
    a) La receptionist

b) La mamma di Elena
c) La mamma di Isaac
d) La mamma della vittima

63. Cosa c'è alla TV?
   a) Il telegiornale
   b) Una giornalista che parla
   c) Una notizia sul caso dell'omicidio di Nick Conley
   d) Tutte e tre le risposte

La mamma

64. Perché l'ispettore non vuole parlare con Elena?
   a) Elena non dice la verità
   b) Non ha ancora una prova concreta
   c) All'ispettore non piace parlare
   d) Tutte e tre le risposte

65. Cosa vede nel video l'ispettore?
   a) Un uomo che cammina
   b) Un uomo che entra nel parco delle Mura
   c) Sergio Pinto che segue Nick Conley
   d) Tutte e tre le risposte

66. Quali informazioni dà la mamma?
   a) Che suo figlio è un assassino
   b) Che suo figlio ha seri problemi di stupefacenti
   c) Che suo figlio aveva il giubbotto con del sangue
   d) Tutte e tre le risposte

L'altra mamma

67. Quale affermazione è corretta?
    a) La mamma di Nick vuole vedere il video
    b) La mamma di Nick conosce Sergio Pinto
    c) La mamma di Nick non vuole vedere il video
    d) La mamma di Nick conosce la mamma di Sergio Pinto

68. Perché Sergio Pinto ha ucciso Nick Conley?
    a) Per comprare la droga
    b) Per soldi
    c) Per prendergli l'orologio del marchio Michael Kors
    d) Tutte e tre le risposte

69. Cosa tiene in mano la madre di Nick Conley?
    a) La bottiglia di Vodka
    b) Un fazzoletto di carta
    c) Il portafoglio di Nick
    d) La nota scritta da suo figlio

Answer Key

Andiamo in vacanza: 1 d, 2 d, 3 d

Chi è Nick Conley?: 4 c, 5 d, 6 c

All'aeroporto di Stansted 7 d, 8 a, 9 c

Verona: primo impatto: 10 a, 11 c, 12 d

In albergo: 13 b, 14 a, 15 b

Pizzeria Don Angelo: 16 d, 17 d, 18 a

Lo Spritz: 19 b, 20 d, 21 d

Il Parco delle Mura: 22 b, 23 b, 24 d

Una serata tranquilla: 25 d, 26 c, 27 a

Separiamoci: 28 a, 29 c, 30 d

Calma!: 31 b, 32 a, 33 d

La chiamata alla polizia: 34 d, 35 b, 36 b

Other books by the author…

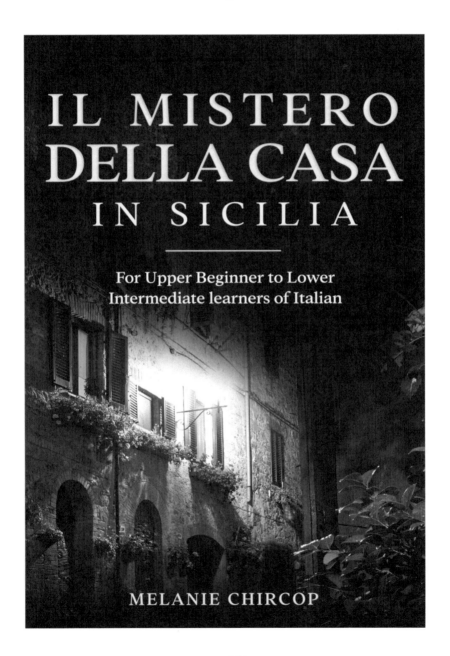

IL MISTERO
DELLA CASA
IN SICILIA

For Upper Beginner to Lower
Intermediate learners of Italian

MELANIE CHIRCOP

Here's a glimpse of my new book…

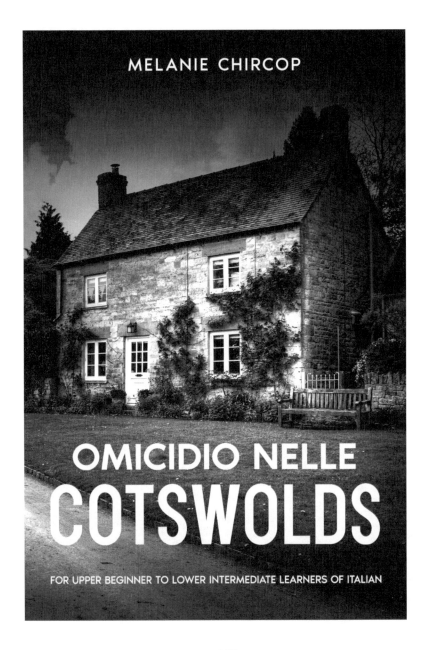

MELANIE CHIRCOP

OMICIDIO NELLE
COTSWOLDS

FOR UPPER BEGINNER TO LOWER INTERMEDIATE LEARNERS OF ITALIAN

OMICIDIO NELLE COTSWOLDS

I Mitchell

I Mitchell vivono in un bellissimo *cottage* inglese in campagna. Questo *cottage* si trova vicino a Bibury, un piccolo paese **pittoresco**. Questa zona dell'Inghilterra si chiama Cotswolds ed è molto popolare specialmente con i turisti.

In questo *cottage* vivono quattro persone della famiglia Mitchell. Il padre si chiama Mick Mitchell. Mick ha cinquant'anni, ed è un **uomo d'affari**. Ha un'**azienda** di **sviluppo immobiliare** da oltre dieci anni. Sua moglie, Jenna Mitchell ha quarantasette anni e come suo marito lavora nell'azienda di famiglia. Lei si occupa del *marketing*.

«Mick, non dimenticare che oggi dobbiamo **prenotare** la nostra vacanza in Italia»

«Sì lo so. Non ho dimenticato», le risponde.

«Dove andiamo?», chiede la figlia Whitney.

Whitney Mitchell è una ragazza bella, bionda e con gli occhi azzurri. Ha diciannove anni e frequenta l'università di Oxford. Studia economia e commercio. I suoi genitori sono molto **orgogliosi** di lei.

«In Italia», risponde Mick. Poi continua,

«Stiamo pensando di visitare la zona del lago di Garda. Magari andremo anche a visitare città come Venezia, Milano etc...»

«E io devo **per forza**venire con voi?», chiede Freddy. Freddy Mitchell è il quarto membro della famiglia. Lui è un ragazzo molto **attraente**. Ha sedici anni e ha appena ricevuto i risultati degli esami GCSE. **Ha superato** tutti gli esami e adesso vuole solo divertirsi con i suoi amici.

«Certo che verrai con noi. Andremo tutti insieme come una famiglia», risponde Jenna, la madre.

«Per quanto tempo saremo in Italia?», chiede di nuovo Freddy.

«Per un mese. Partiremo il 25 luglio e ritorneremo il 26 agosto»

«**Che barba**! Un mese intero con voi! **Che noia**!», dice Freddy.

«Guarda che sei fortunato. Molti ragazzi non hanno genitori che possono **permettersi** di viaggiare per un mese», gli dice Mick, il padre.

Freddy si alza dal divano e va in camera sua. Si mette seduto sul letto. Fa una faccia triste e si fa un *selfie*. Poi lo mette su Instagram e scrive...

Giornataccia. Ho bisogno di un **abbraccio**!

Subito comincia a ricevere messaggi dai suoi amici. Freddy è un ragazzo molto popolare. Ha molti *follower* su Instagram e Tiktok.

All'improvviso entra in camera sua sorella Whitney e gli dice,

«Perché devi postare sui social ogni cosa che fai?»

«E tu perché devi **rompere le scatole** ogni giorno della mia vita?», le risponde Freddy con una faccia seria. Poi sorride, prende il cuscino e le da un colpo in faccia. Comincia una **lotta** con i cuscini.

Entrano in camera anche i due cani Rolf e Jackson, due **pastori tedeschi** che fanno parte della famiglia da due anni. Salgono sul letto anche loro e si mettono a **leccare** i loro padroni.

Made in the USA
Thornton, CO
01/23/25 05:40:55